09.

Lui

Sylvie-Catherine De Vailly

Lui

TRÉCARRÉ
Une compagnie de Quebecor Media

Catalogage avant publication de Bibliothèque et Archives nationales du Québec
et Bibliothèque et Archives Canada

De Vailly L., Sylvie-Catherine, 1966-
   Lui
   (Collection Intime)
   Pour les jeunes.
   ISBN 978-2-89568-594-4
   I. Titre. II. Collection : Collection Intime.

PS8593.A526L84 2012   jC843'.54   C2012-940046-7
PS9593.A526L84 2012

Édition : Miléna Stojanac
Direction littéraire : Marie-Eve Gélinas
Révision linguistique : Anik Tia-Samson
Correction d'épreuves : Sara-Emmanuelle Duchesne
Couverture et grille graphique intérieure : Chantal Boyer
Mise en pages : Clémence Beaudoin
Illustration de la couverture : Géraldine Charette

Cet ouvrage est une œuvre de fiction ; toute ressemblance avec des personnes ou des faits réels
n'est que pure coïncidence.

Remerciements
Nous reconnaissons l'aide financière du gouvernement du Canada par l'entremise du Fonds
du livre du Canada pour nos activités d'édition. Nous remercions le Conseil des Arts du
Canada et la Société de développement des entreprises culturelles du Québec (SODEC) du
soutien accordé à notre programme de publication. Gouvernement du Québec – Programme
de crédit d'impôt pour l'édition de livres – gestion SODEC.

Les Éditions du Trécarré
Groupe Librex inc.
Une compagnie de Quebecor Media
La Tourelle
1055, boul. René-Lévesque Est
Bureau 800
Montréal (Québec) H2L 4S5
Tél. : 514 849-5259
Téléc. : 514 849-1388
www.edtrecarre.com

Dépôt légal – Bibliothèque et Archives nationales du Québec et Bibliothèque et Archives
Canada, 2012

ISBN : 978-2-89568-594-4

Distribution au Canada
Messageries ADP
2315, rue de la Province
Longueuil (Québec) J4G 1G4
Tél. : 450 640-1234
Sans frais : 1 800 771-3022
www.messageries-adp.com

Diffusion hors Canada
Interforum
Immeuble Paryseine
3, allée de la Seine
F-94854 Ivry-sur-Seine Cedex
Tél. : 33 (0)1 49 59 10 10
www.interforum.fr

« Le rôle d'un ami, c'est de se trouver à votre côté quand vous êtes dans l'erreur puisque tout le monde sera à côté de vous quand vous aurez raison. »
Mark Twain

« Un ami sûr se révèle dans l'adversité. »
Cicéron

« L'amour est aveugle. L'amitié ferme les yeux. »
Otto von Bismarck

Mot de l'auteure

Nous savons tous que les nouveaux médias sociaux sont une merveilleuse fenêtre sur le monde. Que l'on vive à Tokyo ou à Saint-Anselme, nous sommes aujourd'hui reliés entre nous par ce cordon invisible qui crée une grande chaîne amicale universelle. Plus de frontières, plus de barrières sociales, plus de limites, on peut être vu et lu par la planète entière. Ainsi, notre conception des relations change, on devient maintenant « amis » d'un simple clic, et on partage avec tout le monde nos goûts et nos envies, nos tristesses et nos joies. Mais sait-on vraiment à qui l'on a affaire ?

Sans devenir paranoïaque, il est salutaire de bien choisir ses amis, dans la vie comme dans le monde virtuel. On ne peut jamais prétendre bien connaître les gens, car nous ne voyons d'eux que ce qu'ils veulent bien nous laisser voir, et certains excellent dans l'art du mensonge. Il faut donc apprendre à se méfier de ces « images » qui sont un moyen biaisé pour quelques individus de vanter des mérites qu'ils ne possèdent pas.

Le monde est au bout de nos doigts, et nous faisons entrer dans notre intimité des gens avec qui nous n'échangerions pas plus de quatre mots dans le monde réel !

Méfie-toi de la personne à qui tu offres ton amitié, car celle-ci s'édifie à travers les expériences réelles qui se vivent au fil du temps, des échanges, des rires et de la complicité. C'est un cadeau précieux que l'on ne peut distribuer aux quatre vents sans prendre certains risques.

❧

Chapitre 1

—Est-ce que tu viens avec nous ? On va chez
Magalie, il paraît qu'il lui reste une montagne
de gâteau d'anniversaire… on va se régaler !

— Humm, c'est tentant, mais désolée, je dois
rentrer. Une prochaine fois peut-être.

— Ben, voyons… c'est quoi cette réponse-là ?
Tu refuses toujours de venir avec nous maintenant… Depuis quelque temps, tu rentres chez
toi aussitôt qu'on termine l'école et le week-
end, tu es toujours trop prise pour sortir ! *J'ai
des devoirs… des courses à faire… une expo à voir… Oh, non,
oups ! J'ai oublié, je dois voir ma grand-mère… mon oncle…
mon cousin… le chien de mon ancêtre…,* lança Rachel, en
levant les bras en signe d'incompréhension tout
en dévisageant son amie.

— Ben… ouais… c'est ça… que veux-tu que
je te dise ? Je suis très occupée en ce moment !

Rachel, surprise de cette réponse, scruta le
regard de son amie, à la recherche d'un indice

qui viendrait expliquer le manque d'intérêt de Véronique à les suivre, elle et sa bande.

— T'as un nouveau copain, c'est ça ?

— …

— C'est qui ? Allez, dis-le-moi… je le connais ? Pourquoi es-tu si secrète tout à coup ?

L'adolescente porta son regard au loin, comme si elle réfléchissait à ce qu'elle allait dire, avant de répondre :

— Non, Chel, il n'y a personne et il ne se passe rien de spécial dans ma vie !

Véronique ramassa son sac qui se trouvait à ses pieds, envoya un demi-sourire à son amie pour s'excuser et s'en alla tandis que cette dernière la regardait s'éloigner, stupéfaite par son attitude. Véronique n'était plus la même depuis quelque temps, elle semblait préoccupée, et Rachel en ignorait la cause. C'était sans aucun doute cela le plus surprenant, surtout quand on savait que les deux filles se connaissaient depuis suffisamment longtemps pour connaître à peu près tous les petits secrets de l'une et de l'autre. Rachel était de plus en plus sûre que Véronique lui cachait quelque chose.

— Elle ne vient pas avec nous ? demanda une voix derrière elle.

Rachel se retourna vers Rose-Emmanuelle.

— Non, elle doit rentrer… comme d'hab !

Rachel reporta son regard vers la longue silhouette de son amie qui s'éloignait. Son pas était pressé et elle se demanda avec curiosité ce qui pouvait bien la pousser à rentrer aussi vite chez elle. Véronique avait l'esprit ailleurs, et le plus étrange, c'est qu'elle demeurait muette sur ce qui semblait la préoccuper. Même après un interrogatoire en bonne et due forme, on n'arrivait pas à obtenir la moindre réponse, pas le plus petit indice. Rachel sentait bien que sa copine avait un secret, et qu'il devait être assez important pour qu'elle le dissimule ainsi. Elle n'avait pas la moindre idée de ce dont il pouvait s'agir. Ce n'était pas que son amie se taise qui la préoccupait, mais plutôt la raison même de son silence qui la mettait mal à l'aise. Que Véronique ait des secrets était tout à fait normal, mais son attitude trahissait quelque chose de plus profond. Rachel fronça les sourcils tout en se demandant si son intuition était fondée. Elle espérait surtout que le mutisme de Véronique ne cachait rien de grave.

◆◆◆

Véronique Sinclair mit ses écouteurs sur ses oreilles avant d'activer la touche *play* de son iPod. Les premiers accords d'un air des Black Eyed Peas se firent entendre et la musique entraînante la transporta aussitôt. En une fraction de seconde, elle oublia le regard désapprobateur de Rachel et les questions qu'elle sentait naître dans l'esprit de son amie. Elle savait très bien que ses copines étaient intriguées par son comportement et elle songeait depuis quelque temps à inventer une histoire qui viendrait mettre un terme à leurs interrogations, mais elle n'avait rien trouvé de convaincant pour le moment, alors elle se taisait. Si elle leur mentait, il fallait que son mensonge soit plausible et qu'il tienne la route aussi longtemps qu'elle en aurait besoin. Pas évident !

Mais comment pourrait-elle leur expliquer ce qu'elle vivait, comment leur parler de *Lui* ? Rachel, comme les autres, mais surtout Rachel, serait aussitôt méfiante. Véronique entendait déjà les reproches et les commentaires que son amie n'hésiterait pas à lui faire. Elle ne comprendrait pas, c'était évident. Personne, elle en était persuadée, ne pourrait comprendre la relation qu'elle avait développée avec *Lui*. Elle savait

très bien ce qu'on pensait de ce genre de fré-
quentations, elle en entendait si souvent parler.
On leur rebattait assez les oreilles avec ça, mais
Véronique savait qu'avec *Lui*, ce n'était pas la
même chose. Non, ce n'était pas pareil.

Lui, c'était Kevin Fortin, un garçon de son
âge. Enfin presque… Il avait vingt-deux ans. Elle
ne se rappelait plus très bien comment ils étaient
entrés en contact, probablement en commen-
tant le statut d'un ami commun, mais c'est lui
qui lui avait demandé de devenir son amie sur
Facebook, quelques semaines auparavant.

Leurs premiers échanges avaient été polis,
sans plus. De temps à autre, Kevin exprimait son
opinion sur un statut qu'elle avait écrit, et puis un
jour, le plus naturellement du monde, elle s'était
mise à faire la même chose. Rien de bien particulier là-dedans. Mais un soir, toute heureuse
d'avoir réussi haut la main un examen de sciences,
elle avait partagé sa joie sur Facebook. Quelques
instants après, un message arrivait dans sa boîte
privée, le premier d'une longue série à venir.

....

*À une fille vraiment remarquable que je trouve tout à fait
ravissante. Bravo !*

....

Bien évidemment, avant d'accepter d'être son « amie », elle avait fouillé à travers le peu auquel elle avait accès, avait regardé ses photos et lu les commentaires qu'il échangeait avec ses propres amis sur son mur. Elle avait ensuite accepté sa demande pour accéder à sa page tout en se disant que, si elle découvrait quelque chose de louche, elle l'éliminerait aussitôt de son cercle d'amis facebookiens. Mais elle n'avait rien découvert de bizarre. Kevin était un garçon comme un autre. Il avait trois cent trois amis, dont une quinzaine en commun avec elle. Il semblait normal. Une chose l'avait cependant fait tiquer, c'est que le garçon avait beaucoup d'amies... au féminin pluriel !

Dans les premiers temps, elle était sur ses gardes. Comme tout le monde, elle avait entendu d'horribles histoires sur ces prédateurs qui se font passer pour des adolescents afin de pouvoir faire la connaissance de jeunes filles. Elle avait agi comme on lui avait conseillé de le faire quand des doutes subsistaient sur un demandeur, et elle avait mené son enquête. Même si personne ne connaissait personnellement ce Kevin, elle n'était pas la seule de son entourage à faire partie de ses « amis » et tous semblaient penser qu'il était correct. Il n'y avait rien à signaler. Ses commentaires, ses liens et ses photos ressemblaient à ceux de tous les jeunes de son âge.

Ils avaient donc commencé leur relation par quelques mots échangés ici et là, des commentaires sans grand intérêt, et puis, moins d'une semaine après avoir reçu le message qui soulignait sa réussite pour son examen de sciences, elle en avait trouvé un deuxième dans sa boîte de réception. Rien de bien important, là encore, deux lignes seulement où il lui disait tout simplement qu'il la trouvait vraiment cool et qu'il aimait son sens de l'humour. Et c'est ainsi, avec une phrase toute simple, que leurs échanges privés avaient débuté, pour passer rapidement à de longs messages où ils se découvraient mille et un points communs. Puis, leurs propos devinrent plus personnels, allant jusqu'à la confidence. Kevin parlait plutôt ouvertement de lui, ce qui charmait particulièrement Véronique, qui trouvait les garçons beaucoup trop renfermés sur eux-mêmes. Après plusieurs échanges, il lui confia, non sans hésitation, qu'il n'était pas heureux, touchant ainsi la corde sensible de l'adolescente, que ses amis surnommaient mère Teresa. Et pour cause !

Véronique ne supportait pas de voir les gens malheureux. Elle se ruinait à donner son argent de poche à tous les miséreux qu'elle croisait dans la rue malgré les mises en garde de sa mère et de ses amis. L'adolescente avait même un jour ramené chez elle un itinérant, car on annonçait une tempête de neige dans la soirée. Sa mère, Marie-Hélène, avait aussitôt reconduit l'homme à la Maison du Père où il avait trouvé refuge pour la nuit. Même lui semblait soulagé de ne pas avoir à dormir chez elles, ayant parfaitement senti le malaise que créait la situation. Il avait dit à Marie-Hélène que Véronique avait une grande âme, que les bonnes âmes attiraient parfois les gens malhonnêtes, et que sa fille devait apprendre à se méfier un peu plus.

Un nouvel air du fameux groupe américain retentit dans les oreilles de Véronique alors qu'elle empruntait le boulevard qui la ramenait chez elle. Elle traversa la rue en diagonale, sans prêter attention à la circulation. Une automobiliste klaxonna en passant à quelques centimètres d'elle. La femme lui jeta un regard furibond avant de poursuivre sa route, ce qui fit sourire l'adolescente téméraire.

Les écouteurs sur les oreilles, Véronique n'entendait pas la vie autour d'elle, elle était dans sa bulle, perdue dans ses pensées. Elle se retourna pour regarder derrière elle. Elle avait cet étrange sentiment que quelqu'un se trouvait là, tout près d'elle. Mais il n'y avait personne. Elle secoua la tête et grimaça avant de reprendre son chemin. Elle n'avait plus qu'une hâte : retrouver Kevin, qui serait derrière son ordinateur dans moins d'une vingtaine de minutes. Ils se donnaient rendez-vous presque tous les jours après l'école. Ce n'était pas évident, car Véronique avait plusieurs tâches à accomplir dans la maison ; sitôt qu'ils terminaient leurs échanges, elle devait se précipiter pour faire ses corvées avant que sa mère arrive, sinon elle en entendait parler toute la soirée et, pire, elle se voyait privée d'argent de poche. Ce n'est qu'en fin de soirée qu'elle retrouvait une dernière fois Kevin, lorsqu'elle allait se coucher. Ils s'écrivaient quelques mots avant de se dire bonne nuit. Depuis un certain temps, Kevin lui envoyait des émoticônes de baisers, et Véronique aimait ça. Elle adorait l'idée que le garçon éprouve des sentiments envers elle alors qu'ils ne s'étaient pas encore rencontrés, elle trouvait cela très romantique.

Personne n'était au courant de leur relation qu'ils désiraient tous les deux garder secrète. Kevin avait, semblait-il, des problèmes avec ses parents qui surveillaient ses moindres faits et gestes, et Véronique ne souhaitait pas non plus que sa mère sache qu'elle entretenait des liens avec un garçon qu'elle ne connaissait pas.

Qu'elle ne connaissait pas... C'était vraiment une façon de parler, parce que la jeune femme savait très bien qui il était. Il lui parlait tellement de lui qu'elle avait l'impression de le connaître depuis toujours. Mais bon, techniquement, elle ne l'avait pas encore rencontré, c'était un fait. Mais était-il nécessaire de rencontrer quelqu'un en chair et en os pour prétendre savoir qui il était ? Les mots choisis, les confidences et les aveux ne parlaient-ils pas d'eux-mêmes ? Si elle avait rencontré Kevin lors d'une soirée, à l'école ou chez des amis, cela aurait-il été garant de son honnêteté ? Même en personne, les gens peuvent mentir et cacher ce qu'ils sont réellement. Nous nous montrons, bien souvent, sous notre meilleur jour. Après tout, personne ne dit en se présentant : « Bonjour, je suis Untel et je suis mythomane, nul, idiot et je cherche le trouble ! »

Oui, il était préférable, du moins pour le moment, de taire cette correspondance. Il serait toujours temps d'en parler à Marie-Hélène lorsqu'elle-même aurait rencontré Kevin en personne. « Ma mère me surprotège tellement, elle voit le mal partout… » avait-elle écrit au garçon, un jour qu'il lui demandait si quelqu'un était au courant de leur relation.

Kev : « C'est notre secret. »
Véro : « Oui, le nôtre. »

Mais ce n'était pas tout à fait exact, il existait bien quelqu'un qui savait que la jeune femme entretenait un lien avec *Lui* : Émile Gauthier.

Émile était le voisin de palier de Véronique. Il avait quelques mois de plus qu'elle et ils se connaissaient depuis à peu près deux ans, depuis le jour où le garçon avait sonné chez elle pour lui demander s'il pouvait passer un coup de fil. La porte de son appartement s'était refermée derrière lui alors qu'il sortait la poubelle et, évidemment, il n'avait pas son cellulaire, resté dans sa chambre, et il n'y avait personne à la maison. Émile venait tout juste d'emménager avec son demi-frère, beaucoup plus jeune, sa mère et son beau-père. Véronique l'avait tout de suite trouvé charmant avec son air intello à la Xavier Dolan. Les deux adolescents étaient aussitôt devenus amis et, depuis, Véronique gardait une clé de son appartement, au cas où!

Véronique se doutait bien qu'Émile était amoureux d'elle, même si jamais encore il ne lui avait dit quoi que ce soit en ce sens. Il était tellement timide. Pourtant, ils étaient devenus proches, mais elle sentait toujours un certain malaise chez son voisin lorsqu'ils étaient seuls et que l'occasion de provoquer un quelconque rapprochement se présentait. Émile trouvait alors une raison pour s'en aller, raison parfois tirée par les cheveux. Dans les premiers temps, son attitude l'étonnait, et puis elle s'était mise à apprécier cet amour discret, tout en retenue. De toute façon, elle avait beau trouver son voisin sympathique et mignon comme tout, elle n'était pas spécialement attirée par lui. Véronique pensait que l'amour devait se présenter comme un coup de foudre, quelque chose qui lui tomberait dessus, sans crier gare; elle ne croyait pas aux amours sages et tranquilles qui naissaient entre deux personnes par une journée de pluie. Il était donc préférable, pensait l'adolescente, qu'Émile garde pour lui ses sentiments, ainsi ils éviteraient bien des problèmes et surtout une déception.

Mais laissons cela pour le moment. Émile, donc, savait depuis un moment déjà que Véronique entretenait une correspondance avec Kevin, même s'il ignorait la profondeur de leurs échanges. Il faut dire que la jeune femme prenait bien soin de ne révéler à Émile que ce qu'il souhaitait entendre. Mais le garçon était loin d'être bête et il se doutait que les échanges entre elle et *Lui* n'étaient pas de ceux qui se créent habituellement entre « amis » sur Facebook. Il y a « amis » et amis, et le garçon percevait chez sa voisine quelque chose qui allait au-delà de ce lien « cyberamical », comme il le disait si bien en parlant de ces rapports, parfois étranges et souvent faux, que les gens ont sur ce réseau social.

Émile avait déclaré un jour à Véronique que le terme « ami » n'était peut-être pas le mot adéquat pour définir les liens qu'entretenaient les utilisateurs de ce site, puisque à ses yeux l'amitié était une relation qui se définissait jour après jour et en fonction des expériences partagées avec l'autre.

La jeune fille trouvait l'esprit analytique de son voisin pesant, mais pour le reste, il était vraiment cool. Elle n'hésitait pas non plus à lui rappeler que lui aussi avait noué des « amitiés » pas ordinaires avec certaines personnes et que Facebook n'offrait pas que de mauvaises choses. N'y avait-il pas retrouvé un ami perdu de vue depuis l'école primaire et avec qui il s'entendait à merveille ?

Arrivée chez elle, Véronique s'enferma dans sa chambre. Même si elle se savait seule dans la maison, elle faisait attention, comme si elle avait peur de voir sa mère surgir à l'improviste. Il lui arrivait de se demander si son attitude ne trahissait pas le doute qui planait sur cette relation qu'elle entretenait, comme si son instinct lui soufflait que cette dissimulation, cette volonté à cacher ses liens avec *Lui* n'était pas normale. D'un haussement d'épaules, elle chassa rapidement cette crainte de son esprit.

— Kevin est un bon gars, murmura-t-elle pour elle-même, tout en allumant son ordinateur.

Sans même prendre le temps de lire les statuts et les commentaires de ses « amis » sur le fil d'actualité de Facebook, Véronique repéra tout de suite le petit nombre quatre en rouge sur l'icône de sa boîte de réception. Quatre messages. Étaient-ils tous de *Lui*? Sans attendre, elle cliqua sur le pictogramme et sa messagerie s'ouvrit instantanément. Deux sur quatre provenaient de Kevin, les deux autres de Rachel, elle les lirait plus tard. Sans tarder, elle ouvrit le premier. Il datait de quatorze heures trente-cinq.

Je pense à toi, tu me manques tellement. ☺ 🌹

Le visage de la jeune fille s'illumina, elle le lut une seconde fois avant de passer au suivant, qui avait été envoyé une heure plus tard :

J'espère que toi aussi tu penses à moi… ☺

Un léger sourire se dessina sur ses lèvres minces. Véronique était sous le charme. Bien sûr qu'elle pensait à *Lui*, elle ne faisait que ça. Il occupait toutes ses pensées, c'était complètement fou! Jamais elle n'avait connu un tel sentiment auparavant, jamais elle n'avait autant pensé à quelqu'un. Elle rêvait de l'instant où ils se rencontreraient, de leur premier rendez-vous. Combien de fois avait-elle imaginé des scènes hyper romantiques où il arrivait à l'école alors qu'elle ne s'y attendait pas ? Il venait la chercher,

Lui, éblouissant de charisme, éclipsant tous les garçons de sa classe et rendant vertes de jalousie toutes les filles. Combien de fois avait-elle imaginé ces scènes qui menaient inévitablement au premier baiser?

Oui, elle pensait constamment à *Lui*. Elle en oubliait tout, jusqu'à ses amies, pour ce garçon dont elle ne connaissait que ce qu'il voulait bien raconter.

Chapitre 2

Kev : « Véro, je pense qu'on devrait se voir. »

Véro : « Oui, je le pense aussi… j'aimerais beaucoup. »

Kev : « Cool ! Quand ? »

Véro : « Je voulais justement t'inviter pour mon anniversaire la semaine prochaine. »

Kev : « Chez toi ? »

Véro : « Ben, oui ! Je fais une fête et quelques amis seront là. Nous ne serons pas beaucoup, je préfère faire ça simple. »

Véronique, les yeux rivés sur la petite fenêtre carrée où elle clavardait avec Kevin, attendait fébrilement sa réponse qui se faisait, lui semblait-il, un peu attendre.

— Allez, réponds, qu'est-ce que tu attends ? murmura-t-elle en s'adressant à son écran d'ordinateur.

De sa main droite, elle attrapa une poignée d'oursons en gélatine dans le bol qui se trouvait à côté d'elle lorsqu'une phrase accompagnée du petit « toc » caractéristique apparut enfin.

Kev : « Je vais voir, mais je pense que j'ai déjà quelque chose de prévu avec mes parents cette fin de semaine-là. »

L'adolescente fit une grimace en laissant échapper un soupir de déception.

— Ah, nooooon, zut de zut, maudit que je ne suis pas chanceuse ! Aaaaaahhh…

Véro : « Oh, c'est vraiment plate… j'aurais voulu que tu sois là… ☹ », tapa-t-elle sur le clavier, sans toutefois lui préciser à quel point elle était très déçue.

Kev : « Oui, je comprends, mais comme je te dis, j'ignore si c'est possible. Ça ne veut pas dire non, je vais voir avec mes parents, ce soir. »

La dernière phrase resta en suspens.

Kev : « Le week-end d'après, ce serait plus simple pour moi », ajouta-t-il après une pause de trente secondes.

Véro : « Pas pour moi, ce n'est pas possible, nous partons chez mes grands-parents pour la fin de semaine, c'est la communion de ma cousine. ☹ »

Kev : « Et ils habitent où ? »

Véro : « Dans les Cantons-de-l'Est, à Bedford... tu connais ? »

Kev : « Oui. »

Véro : « Ah, oui ? C'est cool !! Comment ça se fait ? C'est une petite ville, tu y as de la famille ? »

Un instant passa avant que Kevin ne réponde, un autre instant que Véronique trouva très long. Les yeux toujours rivés sur son écran, elle attendait que son ami se manifeste, tout en gobant une à une ses friandises en gélatine.

Kev : « Je suis désolé, mon père m'a appelé... il est toujours sur mon dos. Il me met pas mal de pression pour mes examens. »

Véro : « Ah, oui, je connais, ma mère fait la même chose... l'enfer ! »

Kev : « Toi, au moins, tu n'as plus ton père ! »

Véronique eut un mouvement de recul en lisant ces mots, comme si elle avait reçu un violent coup de poing dans l'estomac. Elle fronça les sourcils, tandis que ses yeux verts se mouillaient. Sa respiration s'accéléra. Elle attrapa un papier-mouchoir et s'essuya les yeux, en reniflant. « Je préférerais que mon père soit sur mon dos et qu'il me pousse à étudier jusqu'à ce que je croule de fatigue que de devoir vivre son absence chaque jour ! » pianota-t-elle de rage sur son clavier avant de l'envoyer à Kevin. Le ton était rude et sans équivoque.

De longues secondes passèrent avant que le garçon se manifeste de nouveau. Véronique était parfaitement consciente que sa phrase venait de jeter un froid dans leur conversation, mais elle n'aimait pas ce genre de remarques toutes faites et surtout irréfléchies. Elle n'hésitait pas à donner du remords aux autres pour bien leur faire comprendre la chance qu'ils avaient d'avoir encore leurs deux parents auprès d'eux.

Véronique avait perdu son père trois ans plus tôt et la blessure était toujours aussi vive.

On apprend à vivre sans les autres, mais on ne se remet jamais totalement de leur départ. Pierre était mort dans un stupide accident de la route et, depuis, il ne se passait pas une journée sans qu'elle pense à lui. Elle aurait donné tout ce qu'elle possédait pour l'entendre à nouveau lui dire ces phrases qui pourtant la mettaient hors d'elle : « As-tu étudié ? Tu as un examen dans deux jours ! Oui, très bien, alors recommence ! On ne réussit qu'à force de besogner. On n'a rien sans rien. »

Kev : « Je suis vraiment, mais vraiment désolé, Véronique, j'ai manqué de tact. Je ne sais pas quoi dire pour rattraper mon erreur... »

Véro : « ... »

Kev : « Tu m'en veux ? Je comprends, mais pardonne-moi, s'il te plaît. Je ne voulais pas te blesser. Je peux parfois être si stupide, je le sais, mon père me le dit assez souvent ! »

Véronique laissa échapper un profond soupir. Il semblait sincèrement navré.

Véro : « C'est O.K. ! Je sais que tu ne le pensais pas. Et non, tu n'es pas stupide, loin de là. Crois-tu que je serais là, à te parler si tu l'étais ? Kevin, ne laisse jamais personne te dire ce genre de chose, tu es quelqu'un de bien. J'aime discuter avec toi et j'aime nos échanges. Je ne perds pas mon temps avec les idiots ! »

Kev : « Merci, Véro, c'est gentil. Moi aussi, j'aime te parler, tu es la seule qui me comprend vraiment et j'ai très hâte de te rencontrer, de te voir pour de vrai. »

Véro : « Écoute, vois si tu peux venir pour mon anniversaire, j'aimerais tellement que tu sois là ! Sinon, on remet ça à une autre fois, mais j'ignore quand. »

Kev : « O.K. ! Je vais voir ce que je peux faire, mais je ne te promets rien, ce n'est pas toujours facile d'agir comme je le veux. »

Véro : « Alors nous verrons, rien ne presse, si ce n'est pas maintenant, nous attendrons, même si j'ai très envie de te voir. ☺ »

Kev : « Pas autant que moi, si tu savais ! »

⦁—⦁

— Tu ne le connais pas, tu devrais te méfier de ce gars-là ! lança avec humeur Émile, alors que Véronique venait de lui apprendre qu'il allait probablement venir à son anniversaire.

— Mais si, je le connais... et très bien même !

— ...

Émile ne répondit rien, mais il la regardait le sourcil droit relevé, marquant ainsi toute sa suspicion face à ce qu'elle venait de lui révéler.

— Arrête de jouer à ma mère, reprit avec impatience Véronique, en soutenant le regard réprobateur de son ami. Je ne suis pas stupide, tu sais. Tu ne dis rien, mais je t'entends penser ! J'échange depuis un moment avec lui et je peux te garantir que ce n'est pas un pédophile !

— Tu es trop vieille pour être la proie d'un pédophile. Ils s'en prennent aux jeunes enfants. Non, lui, je le verrais plutôt dans le rôle du pervers. Bon, il n'y a pas beaucoup de différences entre les deux, j'avoue...

— Ben, voyons donc, Émile ! Kevin est un gars de notre âge et il est correct. Et puis, il y aura du monde, nous serons une quinzaine, je ne serai pas seule avec lui... tu seras là aussi, mon si dévoué protecteur, mon preux chevalier !

— C'est ça, moque-toi de moi ! Mais tu l'invites tout de même chez toi alors que tu ne le connais pas !

— Justement ! Avec vous à mes côtés, je ne crains rien, dit-elle en ouvrant grand les yeux comme si elle était effrayée, ce qui n'amusa pas du tout son voisin.

— Qui te dit qu'il a réellement notre âge ? Personne ne le connaît.

— Eh bien, nous le saurons tout de suite en le voyant. S'il n'a pas notre âge, il lui sera difficile de le cacher.

Véronique n'avait pas encore parlé de l'âge réel de Kevin et elle se demanda si le moment n'était pas le bon pour aborder le sujet. Elle poursuivit :

— Arrête de revenir sans cesse avec ça. Il n'habite pas dans le coin, c'est normal que personne ne le connaisse, mais nous avons des amis en commun et je suis persuadée que, si nous poussions plus loin, nous trouverions quelqu'un qui le connaît.

— Je suis prêt à le faire rien que pour savoir qui il est réellement.

Véronique fronça les sourcils, hésitante.

— Tu sais quoi, Émile, je vais peut-être te paraître naïve, mais je lui fais confiance. Je suis certaine que c'est un ado comme toi et moi, sauf que toi, tu vois le mal partout. Tu as attrapé la maladie de nos parents qui essaient constamment de nous faire peur avec les gens qui nous entourent. «Attention à ceci», «attention à cela», mais le monde n'est pas si laid que ça et il y a encore bien des gens corrects sur qui on peut se fier, à qui on peut faire confiance.

Émile se taisait, il retenait ses paroles. Il était persuadé qu'elle se trompait sur Kevin, mais il ne voulait pas non plus trop insister. Après tout, il se trompait peut-être. Mais surtout, il ne voulait pas se fâcher avec son amie.

Il était assis sur un tabouret, dans la cuisine, pendant que Véronique s'affairait à sortir du congélateur les plats à réchauffer pour le souper. Marie-Hélène rentrait vers les dix-huit heures du travail et c'était à Véronique d'assurer la préparation des repas qu'elles planifiaient ensemble chaque samedi matin pour la semaine suivante.

— Tu veux souper avec nous? lui demanda-t-elle en lui montrant les portions de lasagne végétarienne qu'elle sortait.

— Non, je te remercie, j'ai des devoirs à faire... Je dois rentrer. Et puis je soupe trop souvent chez toi, ma mère aimerait bien que je sois là de temps en temps pour manger avec eux! On se voit demain?

— Bien sûr, quelle question!

Émile était sur le point de partir lorsqu'il revint sur ses pas pour se planter devant son amie. Il posa les mains sur ses épaules et la regarda droit dans les yeux :

— S'il te plaît, Véronique, fais attention à toi. Je... je...

Mais il ne termina pas sa phrase. Il quitta aussitôt l'appartement de sa charmante voisine et referma lentement la porte derrière lui, comme s'il espérait qu'elle le retienne.

De son côté, Véronique fixait intensément le couloir qu'il venait d'emprunter, incertaine, et surtout ne comprenant pas son envie de le voir revenir sur ses pas.

Émile resta un moment là, au milieu du couloir qui séparait les deux appartements. Il était soucieux. Quelque chose, son instinct peut-être, lui soufflait que ce Kevin était louche. Il rentra enfin chez lui, décidé à faire quelque chose ; il ignorait quoi, mais il trouverait comment démasquer celui qui se cachait derrière ce personnage de Kevin Fortin. Il allait agir pour elle. Si ce gars était vraiment ce qu'il prétendait être, alors il s'écarterait de son chemin avec plaisir, même si l'idée que Véronique sorte avec lui le minait. Mais dans le cas contraire, il se braquerait pour tirer sa Véro de ce pétrin.

••••

— Combien de personnes as-tu invitées pour ton anniversaire ? demanda Marie-Hélène à sa fille, qui était en train d'imprimer un travail qu'elle venait de terminer.

— Nous serons seize, normalement. Il me reste une ou deux confirmations à recevoir.

— O.K. Et que prévois-tu pour la soirée ? Des pizzas ? J'ai commandé un gâteau, il devrait être prêt vendredi.

— Au chocolat ?

Sa mère opina de la tête.

— Des pizzas, c'est cool… et je veux aussi des sushis… après tout, c'est mon anniversaire ! conclut-elle en souriant.

— O.K., je vais passer chez le traiteur commander tout ça pour le jour de ta fête. Et pour que tu aies une belle soirée avec tes amis, je te laisse la maison. Je vais aller manger chez Diane et Jean et j'y resterai toute la soirée. Ça te va ? Mais je te préviens, je rentrerai vers minuit, je ne vais pas passer la nuit dehors pendant que toi, tu fais la fiesta !

Véronique s'approcha de sa mère pour déposer un baiser sonore sur sa joue.

— Merci, m'man !

•—•

La fin de semaine arriva très rapidement ; Véronique était dans les préparatifs de son anniversaire. Elle voulait que tout soit parfait, surtout si Kevin venait, ce qu'elle espérait par-dessus tout. Pour s'assurer de sa présence, elle aurait été prête à décommander tous ses invités, si elle avait été persuadée que cela ferait une différence. Elle ne pensait qu'à *Lui*, même cette soirée d'anniversaire qu'elle avait depuis si longtemps espérée ne lui disait plus rien. Elle ne voulait qu'une seule chose pour ses seize ans, elle n'avait qu'un seul souhait : que Kevin soit de la fête.

Elle avait hâte de consulter ses messages afin de voir si le garçon confirmait sa venue, mais sa mère avait pris une journée de congé et elle était restée à la maison. L'adolescente devrait donc attendre que Marie-Hélène se décide à partir chercher les plats chez le traiteur pour pouvoir enfin consulter sa page Facebook sans s'exposer aux reproches. Marie-Hélène trouvait qu'elle passait beaucoup trop de temps devant son ordinateur, elle s'efforçait donc, lorsque sa mère était là, de ne pas y aller. La journée lui sembla interminable jusqu'au moment où sa mère l'informa qu'elle sortait chercher les plats commandés pour le lendemain. Enfin !

Véronique, impatiente, attendit de voir sa mère disparaître au coin de la rue avant de se précipiter dans sa chambre et d'allumer son ordinateur. Mais sa déception fut grande quand elle vit qu'il n'y avait aucun message. Rien. Pas même un mot d'une amie ! Elle fit donc le tour des statuts dans le fil d'actualité de Facebook, espérant entre-temps recevoir un message du jeune homme. Mais il ne se manifesta pas. Elle consulta la fenêtre de discussion en ligne, mais il n'apparaissait pas sur la liste des « amis » présents pour dialoguer.

En réalité, cela faisait deux ou trois jours que Kevin demeurait étrangement muet. Il ne lui « parlait » plus. Pourtant, elle voyait bien quelques-uns de ses commentaires circuler sur les murs de leurs amis communs.

Elle ignorait donc toujours s'il serait présent ou non à son anniversaire et cela l'agaçait énormément.

« Pourquoi les choses ne sont-elles jamais simples ? » Véronique sentait une pointe d'impatience la gagner. « Son père doit certainement s'opposer à cette soirée, il est tellement bête », pensa-t-elle, cherchant ainsi un bouc émissaire pour expliquer l'étrange silence de son ami.

Elle continuait de parcourir les statuts de ses amis, par habitude et pour passer le temps, mais surtout dans l'espoir d'avoir un signe de *Lui*. Soudain, elle aperçut le nom de Kevin et sa photo ainsi que la mention : « Kevin Fortin est maintenant ami avec Marc-André Gagnon, Arnaud Hébert et Agathe Beauchemin. » Il était donc devant son ordinateur quelques instants auparavant, puisque cette information apparaissait dès que la personne acceptait de nouvelles amitiés. Véronique eut un pincement au cœur, elle en éprouva de la peine. Elle ne comprenait pas pourquoi le garçon l'ignorait ainsi. Avait-elle dit quelque chose lors de leur dernière discussion qui aurait pu le blesser ? Elle ne voyait pas, au contraire, c'est lui qui avait manqué de tact en faisant référence à la mort de son père.

Son regard s'arrêta sur la photo de la jeune fille portant le prénom Agathe. Elle semblait très jolie malgré la petitesse du cliché. Blonde, cheveux longs et sourire éblouissant. Véronique éprouva un sentiment qu'elle ne connaissait pas encore vraiment : une pointe de jalousie. Elle cliqua sur l'icône de la jeune fille, mais sa page demeurait inaccessible à toute personne ne faisant pas partie de son réseau d'«amis». Elle tenta d'examiner la photo de plus près ; le visage de la fille ne lui était pas inconnu, mais son identité ne lui revenait pas. Au même moment, un petit «1» en rouge apparut sur le pictogramme de sa boîte aux lettres. C'était un mot de Kevin. Son cœur s'emballa.

....

Véro, je serai présent à ton anniversaire. J'attends que tu m'envoies ton adresse et les détails de la soirée. J'ai tellement hâte de te voir. xx

....

L'adolescente bondit de son fauteuil en hurlant de joie avant de sauter à pieds joints sur son lit. Elle était tellement heureuse ! Elle allait enfin rencontrer ce garçon qui occupait toutes ses pensées, et au diable cette Agathe aux longs cheveux blonds, Kevin allait être à elle ! Pour la première fois depuis la mort de son père, Véronique était vraiment heureuse, elle vivait quelque chose d'unique qui la comblait.

CHAPITRE 3

— Tu as tout ce qu'il te faut dans le réfrigéra-teur et je laisse mon cellulaire ouvert. Tu m'appelles s'il y a quoi que ce soit… je viendrai immédiatement.

Véronique opina de la tête, le regard moqueur et gai.

— Oui, m'man, je sais, ça fait au moins quatre fois que tu me le dis. Tout va très bien se passer et je te promets que la maison sera encore là quand tu rentreras ce soir. Nous allons juste fêter mon anniversaire !

Marie-Hélène replaça avec douceur une mèche des cheveux roux de sa fille. Ce geste contenait tout l'amour qu'elle éprouvait pour elle.

— Je sais, ma biche, je sais. Mais tu ne pourras jamais m'empêcher de jouer mon rôle de mère, et je t'aime. Seize ans, ensuite dix-huit, demain trente, mais tu seras toujours mon bébé…

Véronique se cala contre la poitrine de sa mère, dans un élan de tendresse.

— Je sais ! Mais je sais aussi que si tu ne pars pas maintenant, tu vas être en retard pour ta soirée et nous savons toutes les deux à quel point Diane a horreur de ça !

— Je me demande si elle a prévu un soufflé pour le souper ?

La mère et la fille éclatèrent de rire à l'évocation de ce souvenir. L'année précédente, elles étaient arrivées avec plus d'une demi-heure de retard chez le couple, et Diane avait déposé un soufflé complètement dégonflé sur la table, avec une tête tout aussi déconfite que le plat minutieusement préparé, qui, soit dit en passant, fut tout de même savoureux. Elle n'avait presque pas desserré les dents de tout le repas tant elle était frustrée de son souper manqué. Marie-Hélène et Véronique s'étaient contenues toute la soirée, mais dès qu'elles avaient rejoint leur voiture et durant le trajet du retour, elles avaient ri aux éclats. Depuis, Diane préparait des plats mijotés qui pouvaient accuser tout retard sans problème et, chaque fois qu'elle en avait l'occasion, elle ne pouvait s'empêcher d'évoquer l'épisode du soufflé manqué comme l'un des moments les plus gênants de sa vie !

Marie-Hélène embrassa sa fille, attrapa la bouteille de vin choisie avec soin pour la soirée et partit sans plus attendre. Véronique referma la porte derrière elle et s'y adossa, le sourire aux lèvres.

La vie lui semblait maintenant plus belle. Elle avait l'impression que les nuages se dissipaient au-dessus de sa tête. Dans moins d'une heure, ses amis allaient arriver pour célébrer ses seize ans avec elle, et surtout, surtout, Kevin serait là. Elle lui avait proposé d'arriver plus tôt afin qu'ils aient le temps de se parler avant qu'elle le présente aux autres, pour que tout quiproquo soit écarté. Et puis, elle avait aussi très envie de l'avoir à elle seule, pour faire connaissance et apprécier pleinement cette rencontre tant désirée.

L'adolescente alla dans sa chambre pour vérifier sa tenue et décida de changer de haut, mais de garder son *skinny* jeans. Elle enfila un léger chandail de coton blanc que sa mère venait de lui offrir, brossa ses cheveux roux et rectifia son maquillage : un peu de fard sur les joues, une touche de mascara et un *gloss* légèrement coloré à saveur de pêche. La couleur de son teint et de ses yeux suffisaient, elle n'avait pas besoin de se mettre des couches de maquillage, cela ne lui allait pas, elle faisait aussitôt trop fardée. « Comme ces petites filles des concours américains que l'on déguise en "madame". Quelle horreur ! » Souriante, elle examina une dernière fois l'image que son miroir lui renvoyait : elle était visiblement satisfaite.

·-·-

Véronique alla s'asseoir dans le salon pour attendre Kevin. Elle alluma la télévision, pour l'éteindre aussitôt. Elle opta plutôt pour de la musique, mais ne sachant pas quoi choisir, elle mit la radio, qu'elle referma tout de go. Elle finit par brancher son iPod dans la station d'accueil de son système de son pour laisser tourner sa *playlist*. Les premières mesures du dernier hit d'Eminem se firent entendre, à la grande satisfaction de l'adolescente. Elle se dirigea à la fenêtre et jeta un coup d'œil à l'extérieur, puis retourna finalement s'asseoir.

Elle était très nerveuse et tournait en rond comme un lion en cage en attendant le garçon. Soudain, elle fut prise d'un sérieux doute :

— Et s'il ne me plaît pas ? se dit-elle à voix haute. C'est une chose tout à fait possible. C'est bien beau de regarder des photos et d'échanger des messages pendant des semaines, mais voir la personne en chair et en os, ce n'est pas la même chose. Et si ça ne collait pas entre nous ?

Elle était anxieuse, faisant les cent pas entre le divan et la fenêtre, tout en continuant de se parler à elle-même :

— Et lui, comment va-t-il me trouver ? Suis-je assez jolie pour lui plaire ? Mes photos sont-elles à l'image de ce que je suis vraiment ?

Elle regarda encore une fois par le carreau de la vitre. Pendant une seconde, une autre pensée lui traversa l'esprit, mais elle essaya de la chasser aussitôt. Et si Émile avait raison ? Elle ne pouvait ignorer les mises en garde de son voisin et même si elle cherchait à taire les doutes qui naissaient en elle, ils étaient bien présents dans son esprit. D'un geste de la main, elle renvoya cette appréhension dans l'oubli.

— Voyons, c'est sûr qu'il est correct, je le saurais, depuis le temps qu'on communique ensemble ! Émile essaie de me faire peur car il est amoureux de moi. Il est jaloux ! Kevin est un bon gars, j'en suis certaine ! Un bon gars, peut-être, mais un gars en retard ! ajouta-t-elle en consultant une nouvelle fois sa montre.

Elle espérait le voir arriver de loin. Examiner sa démarche, sa façon d'agir avant qu'il ne la voie et ne la découvre. Elle aurait aimé l'observer en cachette avant de prononcer les premiers mots qui allaient les mettre en contact.

Dehors le soleil disparaissait derrière les maisons d'en face et la rue se désertait tranquillement. Le temps traînait et semblait se figer. Elle regarda l'heure pour la ixième fois : il était maintenant très en retard. Peut-être ne trouvait-il pas l'adresse, après tout, il n'était pas du coin. Elle se colla le front sur le carreau de la vitre, à l'affût du moindre mouvement qui annoncerait l'arrivée de celui qu'elle attendait. Mais tout demeurait terriblement calme. Elle retourna à sa chambre et ouvrit son ordinateur, puis sa page Facebook, mais aucun message de *Lui*. Elle soupira de contentement. S'il n'y avait pas de message, c'est qu'il n'allait pas tarder à arriver.

Elle parcourut des yeux tous les messages d'anniversaire qu'elle avait sur son mur, en souriant. C'était si flatteur de lire tous ces « bonne fête ». Tant d'amis avaient pensé à elle, c'était un sentiment très agréable. Elle se promit que, dès le lendemain, elle leur répondrait à tous individuellement.

Les minutes s'égrenèrent sans que rien ne se passe, et Véronique commençait sérieusement à s'inquiéter, lorsqu'elle entendit frapper à la porte. Elle se précipita dans le couloir, son cœur battant la chamade. Avant de tourner la poignée, elle prit une profonde inspiration pour tenter de se calmer, ouvrit la porte… mais son sourire se figea lorsqu'elle aperçut son voisin.

— Ah, c'est toi !

— O.K. ! J'ai déjà eu un meilleur accueil ! Mon arrivée te fait vraiment plaisir à ce que je vois. Je peux repartir si tu veux ?!

— Non, non, Émile, je suis désolée, je pensais que c'était…

— Ah, oui, je vois… tu pensais que c'était LE fameux Kevin, c'est ça ? s'exclama vivement Émile tandis que Véronique acquiesçait de la tête. Eh bien non ! Je suis désolé de te décevoir, continua-t-il en hésitant sur ce qu'il devait faire.

Émile semblait si triste. Il eut le réflexe de partir, mais Véronique le retint en lui attrapant le bras.

— Ah, ne sois pas idiot, voyons, je suis toujours heureuse de te voir et tu le sais… Je ne passerais pas tout mon temps avec toi si je ne t'aimais pas autant — leurs yeux se croisèrent, mais

Véronique détourna aussitôt le regard — mais, tu comprends, poursuivit-elle, il devait arriver avant tout le monde pour que nous fassions un peu connaissance, et il n'est pas là.

— Ouais ! Je vois… Bon, je vais retourner chez moi jusqu'à l'arrivée des autres alors, au cas où *Monsieur* se pointerait. Je te laisse seule avec lui. Mais je suis à côté si tu as besoin de moi, O.K. ?

— Pourquoi aurais-je besoin de toi ?

— Je dis ça comme ça ! Une phrase toute faite quand on ne sait pas quoi dire, lança-t-il sur un ton un peu plus sec qu'il ne l'aurait voulu, en repassant la porte.

Le garçon rentra chez lui et referma la porte sans mettre le verrou, tandis que Véronique poussait un soupir teinté de culpabilité. Elle venait de blesser son ami, elle le savait.

Émile, lui, était aux aguets. Il se tenait prêt, juste de l'autre côté de la porte de son appartement. Il demeura là un moment, adossé contre le bois, attentif au moindre bruit provenant de l'extérieur. Ses yeux s'embuèrent, et il prit une inspiration pour ravaler sa peine. Du revers de sa manche, il essuya quelques larmes.

.—.

Quelques minutes passèrent, puis un coup de sonnette tira Véronique de ses pensées. Elle jeta un coup d'œil à sa montre : six heures quarante-cinq. Elle grimaça, il ne leur restait plus que quelques minutes avant que les autres arrivent. Elle ouvrit avec la même bonne humeur, le même sourire de satisfaction que l'instant d'avant. Cette fois, elle en était certaine, c'était *Lui*, et les brefs instants qu'ils auraient ensemble les presseraient à faire plus vite connaissance. Mais quelle ne fut pas sa déception en voyant Rose-Emmanuelle, Rachel, Simone et une autre de ses amies à la porte !

— BON ANNIVERSAIRE ! crièrent-elles en chœur, avant d'entrer sans même attendre d'y être invitées.

L'adolescente tenta de cacher sa désillusion en les accueillant avec le plus beau des sourires, mais elle était vraiment dépitée. Bien entendu, elle était heureuse de les voir, mais elle aurait tant aimé que ce soit son « amoureux virtuel » qui arrive en premier. Bien vite, d'autres invités débarquèrent et Émile passa le bout de son nez en lui demandant :

— Ça y est, je peux venir ?

Véronique s'approcha de lui, déposa un baiser sur sa joue avant de lui dire à voix basse :

— Je suis désolée pour tout à l'heure, j'ai manqué de tact.

— Ce n'est rien, c'est oublié. Il n'est pas là, Monsieur Mystère ?

— Non et j'ignore pourquoi ! Je ne comprends pas.

— Peut-être qu'il a changé d'idée, lança pour unique réponse le garçon avant d'aller retrouver les autres dans la cuisine.

Il s'éloigna pour ne pas laisser voir à son amie à quel point il était content. Et Émile n'avait pas non plus envie d'entendre les doléances de sa voisine sur cet idiot de garçon qui, de toute évidence, la faisait tourner en rond. Il pensait qu'en ne s'attardant pas sur le sujet, Véronique finirait par passer à autre chose : c'était tout de même son anniversaire, et cette fête dont elle rêvait depuis un moment déjà avait commencé. Cela faisait des mois qu'elle parlait d'une soirée cool chez elle avec de bons amis, mais c'était bien avant que l'autre arrive dans le portrait !

Vers dix-neuf heures trente, tout le monde était arrivé et la soirée s'annonçait festive, sauf pour la principale intéressée, qui faisait tout de même de son mieux pour cacher sa déception. Une grande tristesse l'habitait malgré l'ambiance, et elle finit par s'avouer qu'elle aurait préféré que la situation ait été inversée. Oui, elle aurait préféré que ses amis ne viennent pas pour qu'elle passe la soirée en compagnie de son mystérieux correspondant. Mais elle fit ce qu'il fallait pour avoir l'air joyeux, sans toutefois réussir à tromper son voisin qui l'observait du coin de l'œil. Les autres non plus, d'ailleurs ! Tout le monde voyait bien que la jeune fille avait l'esprit ailleurs, mais personne ne s'attarda sur ce détail. On était là pour faire la fête !

Émile s'interrogeait sur le comportement de son amie. Véronique était-elle réellement tombée amoureuse de ce Kevin alors qu'elle ne l'avait encore jamais vu ? Une telle chose était-elle possible ? Habituellement, c'était dans les romans et les films de filles que ce genre d'histoire se produisait, pas dans la vraie vie ! Il l'observait à la dérobée. Plus la soirée avançait, plus elle avait de la peine à dissimuler sa déception.

Soudain, la sonnerie de son cellulaire se fit entendre et Véronique s'empressa de répondre. Son visage s'illumina aussitôt. Émile comprit sans autre explication qu'il s'agissait du bel

« ami » Facebook. L'adolescente se réfugia dans sa chambre, pour en ressortir quelques secondes plus tard, la mine défaite. Elle ne parvenait plus à faire le moindre effort pour cacher sa tristesse. Émile se doutait bien de ce qui s'était passé et des raisons de ce changement d'attitude. Il s'approcha d'elle pour passer un bras autour de ses épaules. Depuis l'instant où elle lui avait annoncé que Kevin serait à sa fête, son instinct lui avait soufflé qu'il ne viendrait pas. À son avis, le mystérieux « ami » se jouait d'elle. Il ne se cachait pas qu'il éprouvait une grande satisfaction à avoir eu raison, malgré la peine évidente de sa jolie voisine. Mais il pensait, à juste titre, que si cet « amoureux » commettait plusieurs faux-pas de ce genre, sa chère amie en viendrait à constater qu'il n'était pas fait pour elle.

— Alors, c'était lui ? Il s'en vient ?

— Non, il ne viendra pas. Il a un contretemps.

— Un contretemps ? C'est le terme qu'il a employé ?

— Ben, oui... pourquoi ?

— ... pour rien ! C'est vraiment dommage que nous ne puissions pas le rencontrer, surtout pour toi ! J'imagine que tu es déçue...

— Arrête, Émile ! Je saisis très bien tes sous-entendus, tu sais, je ne suis pas totalement idiote. Tu ne l'aimes pas, inutile d'en rajouter. Ne fais pas semblant, pas avec moi !

— C'est vrai ! Tu as raison, je ne l'aime pas, mais là n'est pas la question, car je ne le connais pas. Je dirais plutôt que je ne lui fais pas confiance, ce type n'est pas net… lui dit-il en tentant de se faire discret pour ne pas miner l'ambiance déjà lourde.

Émile perçut une grande tristesse dans les yeux de son amie et il se demanda s'il devait poursuivre, si c'était bien le moment de lui dire ce qu'il pensait de ce Kevin.

— C'est uniquement à toi que je pense. Et là, tu es triste et ça, vois-tu, ça me dérange. Mais ce n'est pas le moment d'en parler, nous verrons plus tard. Allons plutôt nous amuser, après tout, c'est ta fête !

Véronique acquiesça doucement de la tête, tandis que, dans le salon, la fête battait son plein. Elle entendait ses amis rire et discuter bruyamment, et la musique était excellente.

— Tu as raison, Émile, viens, allons célébrer mon anniversaire… fit-elle avec un peu plus d'entrain. Oublions Kevin pour ce soir, il n'est pas venu, tant pis pour lui, je ne vais pas me mettre à pleurer un jour comme aujourd'hui.

Comme pour clore le sujet, Rachel, Rose-Emmanuelle, Simone et les autres entonnèrent en chœur le traditionnel *Bonne fête*. Les lumières se tamisaient et seize bougies éclairaient les visages souriants réunis autour du gâteau.

— Vérooo! hurla Rachel. Tu dois souffler les bougies et faire un vœu!

L'adolescente, un sourire aux lèvres, alla rejoindre sa bande de joyeux lurons. La bonne humeur qui régnait dans l'appartement chassa la tristesse qui avait empli son cœur quelques instants plus tôt.

Aussitôt que Véronique eut soufflé ses seize chandelles, tous ses invités crièrent en même temps, la chanson des Black Eyed Peas *I Gotta Feeling* se fit entendre, et tous se mirent à danser. Émile devinait fort bien en quoi consistait le vœu de son amie et il croisa les doigts pour que celui-ci ne se réalise pas.

— Quand même un drôle de hasard, ce « contretemps »… Je n'aime vraiment pas ce type, se dit Émile en allant rejoindre les autres.

◆

Kevin Fortin était confortablement assis dans un divan de cuir noir. Il reposa le téléphone sur la table qui se trouvait devant lui, l'esprit ailleurs.

— La prochaine fois sera la bonne, ma chère Véronique, je te le promets.

•━•

La soirée fut des plus agréables. Tout le monde était d'excellente humeur et personne ne sembla remarquer la lueur de tristesse qui filtrait du regard de la reine de la soirée. Personne sauf Émile. Lui seul savait à quel point la jeune fille était ébranlée et profondément déçue que Kevin ne soit pas de la fête. Mais il n'en souffla mot, gardant pour lui ses impressions, de plus en plus persuadé d'avoir raison.

La fête se poursuivit assez tard. Ce fut l'arrivée de Marie-Hélène vers une heure du matin qui mit fin aux réjouissances. Tranquillement, l'appartement se vida de ses fêtards, laissant les lieux sens dessus dessous. Émile proposa à ses voisines de les aider à ranger un peu. Pendant qu'il s'affairait à remettre de l'ordre, il jetait de rapides coups d'œil à sa copine.

— Tu as aimé la fête ? C'était cool, non ?

— Oui, vraiment. C'était un bel anniversaire. Je suis contente, lui répondit Véronique, le sourire aux lèvres.

— Même s'il n'est pas venu ?

L'adolescente le regarda un instant. Elle allait répondre lorsqu'elle entendit la voix de sa mère dans son dos :

— Qui n'est pas venu ?

Véronique ouvrit de grands yeux terrifiés. Marie-Hélène ne devait rien connaître, du moins pas tout de suite. Elle ne comprendrait pas.

— Oh, nous parlions d'un ami de l'école. Il a annulé à la dernière minute et disons que Véronique n'a pas beaucoup apprécié, répondit Émile en continuant de ramasser les verres et les assiettes qui traînaient un peu partout.

— Hmm, oui, je comprends… un garçon, hein ? C'est vrai que c'est toujours un peu décevant lorsqu'une personne que l'on espère voir annule au dernier moment, mais c'est une éventualité. Un imprévu, ça arrive à tout le monde. Tu ne dois pas t'en faire avec ça, ma biche, tu le verras à l'école, tenta de la rassurer Marie-Hélène.

Comme toutes les mères, elle brûlait de curiosité d'en apprendre un peu plus sur ce garçon, mais elle savait que Véronique refuserait de lui en parler, surtout devant Émile.

L'adolescente ne répondit rien, elle se contenta de regarder son voisin, réalisant que celui-ci mentait avec une certaine aisance. Soudain, il lui apparut sous un nouveau jour, plus comme l'intellectuel trop soigné qu'elle connaissait. Quelque chose de différent se dégageait de lui. Non pas qu'elle admirait le fait qu'il ait menti, mais elle aimait ce détail de sa personnalité qu'elle ne connaissait pas et percevait pour la première fois. Émile surprit son regard. Il se dirigea vers la cuisine pour y déposer ce qu'il venait de ramasser. Il s'essuya les mains, leur souhaita une bonne nuit et rentra chez lui.

Véronique mit du temps à s'endormir. Elle ne repensait pas aux bons moments de la soirée comme il nous arrive de le faire après une telle fête d'anniversaire, mais plutôt à quelque chose de plus précis, plus exactement deux personnes qui occupaient ses pensées. D'un côté, Kevin avec ses mystères et ce charme qui captivaient tant la jeune fille et, de l'autre, Émile, avec toutes ses petites attentions et sa présence constante à ses côtés, les bons comme les mauvais jours. Deux garçons complètement différents, mais qui la séduisaient chacun à sa façon. Deux forces dont elle éprouvait la singulière attraction.

•-•-•

Le reste de la fin de semaine passa rapidement. Le dimanche, les Sinclair reçurent de la famille et quelques amis pour bruncher et souligner une fois de plus les seize ans de Véronique. L'adolescente fit de son mieux pour chasser ses coups de cafard en affichant un sourire digne des plus belles publicités de dentifrice !

Ce matin-là, avant de rejoindre ses invités, Véronique décida de consulter ses messages, même si elle s'était dit qu'elle ne le ferait pas parce que Kevin ne méritait pas le temps qu'elle consacrait à penser à lui. Quelle ne fut pas sa joie en découvrant qu'il y avait cinq missives, toutes de Kevin ! C'était si excitant qu'elle oublia instantanément les heures qu'elle venait de passer à remettre en question leur « relation », qui en fait n'en était pas une puisqu'ils ne s'étaient encore jamais rencontrés. Elle les parcourut une première fois, rapidement, tout en se disant que sitôt qu'elle en aurait l'occasion, dès le départ de sa famille et des amis, elle les lirait avec plus d'attention.

Le premier était de loin le plus touchant et elle le relut par simple plaisir, même si elle savait qu'elle devait descendre, sa mère l'ayant appelée à deux reprises.

Ma chère Véronique que j'adore,

Je suis tellement désolé de ne pas avoir été là hier soir, à tes côtés, pour cette soirée si spéciale à tes yeux. Je me faisais une fête de rencontrer tes amis et surtout de te rencontrer, bien entendu. De te voir enfin après tout ce temps, de le connaître et peut-être, si tu le souhaites autant que moi, de t'embrasser. Mais les choses ne sont jamais aussi simples qu'elles ne le paraissent, crois-moi. Tu sais toi aussi que, dans la vie, elles peuvent être trompeuses. Nous pensons contrôler des événements qui en vérité nous échappent complètement. Mais laissons ça.

À très bientôt, ma douce amie. Bon anniversaire encore une fois.

Kevin 🌹🌿♡

Dès les premiers mots, Véronique avait complètement oublié l'affront de l'avant-veille. Il avait eu un imprévu, ce genre de chose arrivait à tout le monde. Il n'était pas venu pour son anniversaire, et puis alors ? Elle n'était plus une enfant, elle pouvait très bien comprendre la situation.

« Il y a des choses plus importantes dans la vie que ma chère petite personne ! » se dit-elle en fermant son ordinateur.

Le cœur léger, elle rejoignit ses invités. La journée s'annonçait magnifique et dehors, le soleil brillait. La vie semblait aujourd'hui prometteuse.

Véronique était en train de tomber amoureuse de ce garçon qui lui faisait la cour et qui lui parlait avec originalité et respect. Jamais encore elle n'avait connu ça, les gars de son âge étaient si immatures, c'était connu.

« Il y a tout un monde entre les garçons de seize ans et ceux de vingt-deux ans ! Kevin est différent des autres et c'est pour cela qu'il me plaît autant », se dit-elle.

CHAPITRE 4

— **D**is m'man, est-ce que je suis obligée d'aller à Bedford en fin de semaine ?

— Ben... oui, pourquoi cette question ?

Véronique déchiquetait des petits morceaux de pain qu'elle laissait tomber un à un dans son assiette, évitant ainsi de regarder Marie-Hélène dans les yeux.

— C'est parce que j'ai un travail à faire et un examen à préparer, laissa-t-elle tomber, terrifiée à l'idée que sa mère allait certainement comprendre qu'elle était en train de lui mentir.

L'adolescente éprouvait un profond malaise, car jamais elle n'avait ressenti le besoin de mentir à sa mère. Marie-Hélène était en général plutôt cool et même si parfois il lui arrivait de se montrer intransigeante et sévère, Véronique n'avait pas encore vu la nécessité d'aller jusque-là. Elle finissait bien souvent par se plier aux choix de sa mère, sans en sentir de frustration. Malgré les hauts et les bas, elles s'entendaient plutôt bien. Le plus gros reproche que l'adolescente pouvait lui faire était son côté maman poule parfois pénible et étouffant.

— Oui, je comprends. Mais c'est la première communion de ta cousine, nous devons être présentes, elle serait déçue de ne pas te voir. Et tu peux apporter tes travaux avec toi à Bedford, tu y seras en paix. La maison est assez grande, tu pourras étudier calmement sur la terrasse. Au moins, tu ne resteras pas enfermée ici, en ville.

— Oui, mais non… c'est que je dois faire ce travail avec Rosema et nous devons le remettre en début de semaine. Je ne vais pas lui demander de venir avec nous là-bas !

La mère de Véronique s'essuya la bouche avec sa serviette de table avant de prendre une gorgée de vin. Elle réfléchissait.

— Bon, je comprends. Je vais prévenir mes parents et Michelle que nous n'irons pas à la communion de Sophie. Je lui ferai parvenir son cadeau par la poste.

— Oh, non, non, maman, ne fais pas ça, ils seront déçus que tu ne sois pas là non plus, particulièrement ta sœur. Après tout, Sophie est ta filleule, tu dois être à sa première communion. Tu ne peux pas ne pas y aller. Je peux rester à la maison toute seule, laissa enfin tomber l'adolescente.

— Toute la fin de semaine ?

— M'man, j'ai seize ans maintenant, quand même !

— Oui, je sais…

— Et puis, les voisins sont là.

Marie-Hélène hésitait encore. Elle n'avait jamais laissé sa fille seule aussi longtemps et, depuis la mort de Pierre, elle avait tendance à la surprotéger, même un peu trop. Elle en était parfaitement consciente, mais c'était plus fort qu'elle, comme si elle avait peur de la perdre. Conséquence, elle le savait, du départ tragique de son mari. Elle devait apprendre à lui laisser plus d'espace et de liberté et c'était certainement l'occasion de lâcher du lest.

— Bon, je veux bien que tu restes ici, mais uniquement si les Gauthier sont chez eux pour la fin de semaine, d'accord ?

— C'est cool !

Bonne nouvelle, je serai libre la fin de semaine prochaine. Ma mère part et je me suis arrangée pour rester ici. Nous pourrons enfin nous voir.

Véronique attendit un moment tout en jetant un coup d'œil aux derniers statuts de ses amis facebookiens, mais Kevin ne répondit pas à son mot. Il devait être occupé. Elle repasserait plus tard lire sa réponse. Elle était certaine que la nouvelle allait l'enchanter. Ils allaient finalement se rencontrer, c'était si excitant !

．．．

De l'autre côté de l'écran, à quelques kilomètres de là, Kevin regardait les photos que Véronique avait mises sur sa page Facebook. Un sourire se dessina sur ses lèvres quand il lut le message qu'elle lui avait envoyé et auquel il répondrait plus tard. Il savait qu'il devait attendre et se montrer patient, bientôt, elle tomberait dans ses bras, et celle-là, il la retiendrait.

．．．

— Véronique ?

— Oui, m'man, j'arrive ! hurla l'adolescente à travers la porte de sa chambre, tout en éteignant son ordinateur.

— Je viens de parler aux parents d'Émile, ils seront chez eux tout le week-end, donc, si jamais tu as besoin de quoi que ce soit, tu pourras compter sur eux. Tu es certaine de ne pas vouloir m'accompagner ?

— Certaine, oui.

— Très bien, alors on fait comme ça, après tout tu n'es plus une enfant, tu peux passer la fin de semaine seule, lança Marie-Hélène, bien qu'elle ne semblait pas totalement convaincue.

— Et puis, Bedford, ce n'est pas si loin ! lui répondit Véronique.

-•-

Le temps passait avec une extrême lenteur. Véronique avait du mal à cacher son excitation et devant ses amies, qu'elle cherchait la plupart du temps à éviter, elle tentait de rester la même. Du moins, c'était ce qu'elle pensait parce que sa fébrilité était évidente. L'idée de rencontrer enfin Kevin la rendait complètement folle, elle ne pensait qu'à cela. Rachel, toujours intriguée par le comportement de son amie, ne cessait de l'interroger sitôt qu'elle en avait l'occasion, sur Facebook, par texto ou dès qu'elles se croisaient. Elle questionnait sa camarade sur ce qui se passait dans sa vie, parfois de façon directe ou encore en prenant des chemins détournés, mais Véronique ne s'y trompait pas, elle la voyait venir de loin. Rachel percevait bien, comme tout le monde d'ailleurs, que l'adolescente était différente. Véronique avait changé, elle était constamment dans la lune, rêvassant les yeux grands ouverts, un demi-sourire accroché en permanence sur les lèvres. Et évidemment, tous ses amis se doutaient bien de la raison : il n'y avait que l'amour pour mettre les gens dans un tel état. Mais de qui pouvait-elle bien être amoureuse ? C'était, en réalité, toute la question.

Rachel trouvait difficile d'être ainsi exclue de la vie de son amie, elle qui lui disait tout et qui ne faisait jamais rien sans lui demander son avis, elle qui était toujours de toutes les sorties, se murait maintenant dans un silence que Rachel qualifiait d'inquiétant.

Elle avait même essayé d'en savoir plus en allant trouver Émile, mais il avait joué la carte de l'ignorance. Elle l'avait quitté frustrée, d'autant plus qu'elle n'avait pas cru une seconde que le voisin de sa meilleure amie ignorait tout. Le garçon lui avait même affirmé ne rien avoir remarqué de particulier, pas le moindre changement dans l'attitude de Véronique.

— C'est ça ! lui avait-elle lancé en le quittant.

•‑•‑•

Le mardi suivant, Véronique sortit de chez elle à l'heure habituelle pour se rendre à l'école, mais exceptionnellement, Émile n'était pas avec elle. Il avait un rendez-vous chez son médecin et arriverait plus tard en classe. Quant à ses autres amies, elles n'habitaient pas dans le même coin, mais plus à l'ouest. Elles prenaient donc des parcours différents.

L'adolescente ferma la porte à clé avant de prendre le chemin qu'elle empruntait depuis le début de son secondaire. La même route tous les matins, beau temps, mauvais temps. Elle plaça ses écouteurs sur ses oreilles, réajusta son sac en le passant en bandoulière, activa son iPod et se mit en route.

Elle avançait sans se soucier de son environnement, qu'elle savait par cœur. Elle aurait pu faire le trajet les yeux bandés, puisqu'elle en connaissait chaque dénivellation, chaque rue et chaque descente de trottoir. Soudain, elle s'arrêta alors qu'elle s'apprêtait à traverser un boulevard. Il se passa une seconde sans qu'elle ne bouge, rigide comme une statue, comme si quelque chose avait capté son attention, puis elle se retourna avec hésitation. Elle scruta les alentours, les sourcils froncés. Véronique appuya sur pause et demeura un instant à observer attentivement le chemin qu'elle venait de parcourir. Une dizaine de secondes passèrent avant qu'elle remette sa musique, en ajustant ses écouteurs, et elle reprit sa route. Mais quelque chose la dérangeait, elle n'était pas tranquille. Cette étrange impression l'accompagna toute la matinée ; Véronique se sentait observée.

Dès qu'elle vit Émile arriver dans le local étudiant à la récréation, elle se précipita vers lui. Ses yeux inquiets alertèrent le garçon.

— Que se passe-t-il, Véronique ? Tu n'as pas l'air bien.

L'adolescente soupira. Elle hésitait à s'ouvrir à son voisin sur ce qu'elle avait éprouvé le matin même.

— Je ne sais pas... À vrai dire, je me demande si je n'ai pas imaginé des choses... J'ai... j'ai un drôle de sentiment depuis ce matin, une impression qui ne me quitte pas...

— Quel genre d'impression ? insista Émile.

— Tu vas te moquer de moi...

Émile secoua négativement la tête en prenant un de ces airs qui garantissent le sérieux d'un interlocuteur.

— Tu sais bien que non. Allez, raconte, dit-il en l'entraînant dans un coin où il y avait un peu moins de monde.

— O.K. ! Ce matin, en venant à l'école, j'ai eu le sentiment que quelqu'un me suivait, qu'on m'observait... mais il n'y avait personne...

— Que veux-tu dire par « quelqu'un me suivait » ?

— Ben, ce que ça veut dire ! Comme d'hab, j'avais mes écouteurs sur les oreilles quand soudain, j'ai senti une présence derrière moi, je me suis retournée, mais rien.

— Quoi, rien ?

— Ben rien ! Il n'y avait personne, j'étais seule.

— ...

— Le plus étrange, c'est que j'ai traîné cette drôle de sensation toute la matinée... Tu sais quoi ? Je pense que je deviens parano, lança-t-elle avec un rire qui sonnait faux.

Mais Émile n'était pas dupe de la moquerie de son amie. Véronique était inquiète, cela se voyait. Et cela le rendait soucieux, mais pour dédramatiser la situation et tenter de changer les idées à sa chère voisine, il se mit à la taquiner :

— J'te l'ai toujours dit que tu étais folle, tu imagines des choses… Ce doit être un des premiers symptômes de tes seize ans ! Il paraît que ça joue sur le ciboulot !

— Ouais, t'as certainement raison… ce doit être ça !

Néanmoins, l'échange de regards qu'ils eurent alors confirma pour l'un l'inquiétude et pour l'autre la présence rassurante d'un ami.

•◦•

Lorsqu'elle rentra chez elle, vers dix-sept heures, Véronique ramassa le courrier comme d'habitude. Elle y jeta un coup d'œil, également par habitude, car il était bien rare qu'elle reçoive des lettres. Mais à travers les quelques enveloppes de publicité et de factures, elle en trouva une qui lui était destinée. Une enveloppe jaune sur laquelle étaient écrits à la main son nom et son adresse. Le courrier ne portait pas de timbre, il avait donc été déposé dans leur boîte aux lettres. L'enveloppe ressemblait à celle d'une carte de fête et elle pensa que cela devait certainement provenir de quelqu'un de sa famille qui lui envoyait des vœux avec un peu de retard. Elle l'ouvrit sans trop se presser, persuadée que cela provenait d'une de ses vieilles tantes qu'elle rencontrait une fois par année à Noël et qui, ô miracle ! s'était souvenue de son anniversaire.

La carte était magnifique : la reproduction d'une toile d'un de ses artistes préférés, Georges Braque, peintre cubiste du début du XXe siècle. À n'en pas douter, c'était de la part de quelqu'un qui connaissait ses goûts, donc certainement pas une de ses vieilles tantes. De plus, la personne s'était donné beaucoup de mal pour trouver une carte avec une œuvre de cet artiste, qui n'était pas des plus commercialisés. Cette attention la toucha profondément, sans même encore savoir qui s'était donné toute cette peine. Elle ouvrit la carte et son cœur fit un bond dans sa poitrine quand elle aperçut la signature de l'expéditeur : Kevin !

Belle et délicieuse Véronique, on ne peut souligner un anniversaire sans une carte et encore moins sans un cadeau. *Voici la carte. Je sais que tu aimes cet artiste, j'ai pensé à toi en la voyant, j'espère qu'elle te plaira. Pour mon cadeau, eh bien, tu le recevras de mes mains. À très, très bientôt. Je te fais une bise sur la joue droite.*

Kevin

L'adolescente était ébahie. Les yeux humides, elle regardait la carte avec admiration, lisant et relisant les mots que Kevin lui avait écrits.

— Waaoouuww! s'écria-t-elle, transportée de joie. Je suis tellement chanceuse... il a pensé à moi. Il est venu jusqu'ici pour déposer cette douce attention dans ma boîte aux lettres. Je ne connais pas un seul garçon capable de faire ça. Personne. J'ai vraiment de la chance de le connaître. Je dois lui répondre tout de suite... Je l'adore, ce gars!

La jeune femme s'élança vers sa chambre en sautillant comme une gamine, visiblement heureuse. Oubliant même le malaise qui l'avait perturbée toute la journée.

CHAPITRE 5

Jugeant qu'il était préférable de ne parler de la carte à personne, et surtout pas à Émile, Véronique décida de la cacher. Elle savait que son voisin verrait d'un mauvais œil le geste qu'avait eu Kevin, pourtant rempli de tendresse et d'amitié, en venant la déposer dans sa boîte aux lettres. Émile prenait Kevin pour un pervers, c'était clair, et il ne lui laisserait aucune chance de prouver le contraire. Provenant d'un autre, cette carte serait sans la moindre importance, mais pas de Kevin. Et aux yeux d'Émile, le garçon avait certainement un intérêt autre que celui de faire plaisir à Véronique.

Elle déposa un doux baiser sur la reproduction de Braque avant de la glisser dans le tiroir de sa table de chevet, bien à l'abri des questions et des regards, non sans l'avoir relue une dernière fois. Elle ne recevait plus grand monde dans sa chambre depuis un moment déjà, mais elle préférait ne pas courir de risque. Si Marie-Hélène entrait pour déposer une pile de vêtements propres sur son lit et qu'elle apercevait la carte, elle serait portée à la lire, pensant qu'elle lui avait été offerte par une de ses connaissances. Mais en voyant le nom de Kevin, elle lui poserait sur-le-champ un million de questions. Véronique ne lui avait pas encore parlé de *Lui*, et elle se demandait quand serait le meilleur moment pour le faire, et surtout comment lui présenter la chose.

La mère ignorait tout de l'existence de ce jeune homme qui avait pris contact avec sa fille via Facebook et, qui plus est, était plus vieux qu'elle. Elle devait également ignorer qu'ils prévoyaient se rencontrer le week-end prochain, ici même, dans leur appartement. Que dirait Marie-Hélène en découvrant que sa fille lui avait menti, car elle comprendrait bien vite que Véronique n'avait pas de travail à faire et qu'elle avait monté cette histoire de toutes pièces dans le but de faire venir le garçon chez elles ?

Véronique savait très bien ce qu'elle dirait, après lui avoir fait la crise du siècle, elle refuserait catégoriquement que sa fille fréquente un gars qu'elle n'avait encore jamais vu. Véronique se verrait privée de son ordinateur et elle ferait l'objet d'une garde rapprochée de la part de sa mère, qui la traiterait de naïve et s'interposerait entre eux jusqu'à anéantir tous les liens qui les unissaient. C'était évident ! Le pire, c'est que Marie-Hélène obtiendrait probablement l'aide d'Émile, qui se chargerait de prendre le relais hors de la maison.

Non, mieux valait cacher cette carte. Marie-Hélène rencontrerait Kevin, lorsque Véronique jugerait l'occasion propice. Elle devait commencer par introduire son nom dans une conversation, ensuite lui parler de *Lui*, comme elle parle de ses camarades de classe, pour finalement et tranquillement le faire entrer dans le quotidien de sa mère par des anecdotes et des commentaires bien placés. En entendant régulièrement son prénom, Marie-Hélène en viendrait à penser que sa fille connaissait ce garçon depuis un moment déjà. Voilà ce que Véronique prévoyait faire. Amener petit à petit le sujet « Kevin » sur la table. Et une fois que Marie-Hélène le connaîtrait, elle tomberait, elle aussi, sous son charme. C'était évident !

Le carillon de la sonnette d'entrée tinta, sortant Véronique de ses pensées. Elle demeura une seconde dans sa léthargie avant de se lever et d'aller répondre. L'adolescente regarda par l'œilleton de la porte avant d'ouvrir.

— Chel ? s'écria-t-elle en voyant son amie.

— Salut !

Le ton de son amie était incertain, elle avait longtemps hésité avant de sonner, restant devant la porte des Sinclair à tergiverser.

— Mais… qu'est-ce que tu viens faire ici ?

— J'avais envie de passer un peu de temps avec toi, on ne se voit plus…

— Mais on vient de se quitter !

— À l'école, oui, mais je veux dire toutes les deux… j'ai comme l'impression que tu cherches à m'éviter.

— Ben voyons, Chel, tu te fais des idées. Je suis seulement préoccupée ces temps-ci…

— Ah oui, préoccupée ? Et par quoi… je peux savoir ?

Au même moment, le téléphone sonna et ce fut avec un soulagement à peine dissimulé que l'adolescente se précipita pour répondre.

— Allô ?… allô ?… Oui ?

Véronique demeura un instant silencieuse et perplexe, puis raccrocha sans s'attarder au bout du fil.

— Certainement une erreur !

— Un faux numéro ? demanda Rachel.

— Je ne sais pas, ça ne parlait pas… mais bon, dit-elle en agitant la main comme pour chasser cet épisode sans importance.

— Oui, revenons à toi, tu ne t'en tireras pas comme ça. Je veux savoir ce qui se passe avec toi… très honnêtement, tu m'inquiètes ct je ne suis pas la seule à me poser des questions…

Le téléphone sonna de nouveau, ce qui irrita un peu Rachel.

— Oui, allô ?… allôôôô ?…

Véronique raccrocha, cette fois plus brusquement.

— Personne ?

— Je sais qu'il y a quelqu'un au bout de la ligne, je devine sa présence, mais il ou elle ne dit rien… étrange…

— Tu n'as pas d'afficheur ?

— Non.

— Bof, un fou qui ne sait pas quoi faire de sa vie ! Laisse tomber.

— Ouais, faut vraiment avoir une vie plate pour passer son temps à faire ce genre de débilité. Viens, allons dans ma chambre, nous aurons la paix.

Les deux amies refermèrent la porte derrière elles et aussitôt leur complicité refit surface. Véronique s'avoua que cela faisait du bien de revoir son amie et de rire franchement avec elle. Elle se promit de ne plus la laisser aussi longtemps, réalisant que leur amitié lui avait beaucoup manqué. Pourquoi s'était-elle éloignée de la sorte de son cercle d'amis ces dernières semaines ? Elle ne se comprenait pas.

— Je m'apprêtais à faire mes devoirs quand tu as sonné…

— Tu parles de ceux de français et d'anglais ?

Véronique acquiesça de la tête.

— Eh bien, faisons-les ensemble !

Elles s'installèrent sur le lit de l'adolescente et entreprirent de faire leurs travaux comme elles en avaient l'habitude, avant. Alors que Rachel était en train d'écrire, Véronique releva la tête pour la regarder. Elle était heureuse de la voir et elle s'en voulait de l'avoir ainsi écartée de sa vie. Mais elle ignorait toujours si elle devait lui parler de Kevin.

Le téléphone sonna une troisième fois. Véronique allait se lever quand Rachel lui dit, en la retenant par le bras :

— Laisse, le répondeur va se mettre en marche. Si l'appel est important, la personne laissera un message…

— Hmm… O.K., tu as raison !

Mais Rachel sentait bien que cela tracassait son amie et que ces appels la rendaient nerveuse.

— Que se passe-t-il, Véronique ? Tu n'as pas l'air à l'aise, je le vois… Dis-le-moi, s'il te plaît. Je peux peut-être t'aider si tu vis quelque chose de difficile.

L'adolescente poussa un profond soupir : elle hésitait à exprimer ce qu'elle ressentait, de peur que Rachel pense qu'elle se faisait des idées.

— Allez, je suis ton amie, tu le sais, je ne suis pas là pour te juger…

— Oui, je sais…

Elle marqua un temps, tandis que Rachel la regardait en silence, prête à l'écouter.

— Bon, O.K. ! Tu vas certainement me traiter de folle, mais voilà… j'ai l'impression que quelqu'un me surveille.

Rachel ouvrit grand les yeux, visiblement étonnée.

— Quoi ? s'écria-t-elle. À cause de ces appels ?

— Ce n'est pas la première fois... Ça dure depuis un moment déjà, mais ce matin en allant à la poly, j'ai vraiment ressenti quelque chose de bizarre. J'avais l'impression qu'on me suivait. Et les appels comme ceux que je viens de recevoir, y'en a de plus en plus, fit-elle en accompagnant ses paroles d'un geste en direction de la porte de sa chambre. Je sais qu'il y a quelqu'un au bout de la ligne, mais c'est le silence... Et tant que je ne raccroche pas, il ne se passe rien. Je me demande si je ne me fais pas des idées, mais j'ai l'intuition que c'est la même personne.

— En as-tu parlé à ta mère ?

— Tut, tut, jamais ! Elle ne doit pas le savoir, elle s'inquiéterait pour rien et elle refuserait de me laisser seule à la maison en fin de semaine.

— Quoi, tu vas rester seule chez toi tout le week-end ? s'étonna Rachel, un léger sourire naissant aux commissures de ses lèvres.

— Oui, je sais, c'est surprenant, mais c'est vrai.

— Surprenant ? Ça tu peux le dire, c'est le mot juste, ta mère te couve tellement... Que lui as-tu dit pour qu'elle accepte ?

Véronique hésita un instant, sentant que le terrain pouvait devenir glissant si elle empruntait ce chemin. Mais elle avait aussi envie de tout raconter à son amie.

— Que j'avais un travail à faire avec Rosema et que nous devions le rendre lundi...

— Et elle t'a crue ?

— Ben, je pense que oui, puisqu'elle a accepté. Et puis, je lui ai aussi dit que j'avais maintenant seize ans.

— Oui, tu as bien fait. Il faut parfois rappeler à nos parents que nous ne sommes plus des bébés. Il est temps qu'elle te laisse un peu plus de liberté. Mais dis-moi, Véronique, pourquoi veux-tu rester ici ce week-end ? Nous savons toutes les deux que tu n'as pas de travail à remettre, alors pourquoi as-tu pris la peine de raconter ce mensonge à ta mère, toi qui ne mens jamais ?

« Rachel, chère Rachel, toujours aussi perspicace... » songea Véronique tout en évitant le regard de son amie, le visage légèrement tourné vers la table de chevet où elle avait glissé la carte de Kevin, s'interrogeant sur ce qu'elle devait faire. L'occasion était là, ou elle la saisissait ou elle continuait de mentir pour protéger ses liens avec Kevin. Il lui avait bien dit qu'il ne souhaitait pas que leur relation soit connue, de quiconque. Mais Rachel était presque une sœur pour elle et Véronique savait qu'elle pouvait lui faire confiance. Et puis, l'idée de lui parler de cette histoire lui enlèverait ce poids qu'elle avait sur le cœur et qui commençait à se faire lourd.

Il n'est pas toujours facile de cacher des choses à longueur de journée à tout le monde, cela finit par user. Véronique n'était pas de cette race de gens qui vivaient facilement dans les intrigues et les cachotteries. Elle n'était pas très à l'aise dans ce genre de situation. Mentir et calculer n'étaient pas les matières dans lesquelles elle réussissait le mieux. Émile était au courant de certaines choses, mais pas de toutes. Et puis, c'était un garçon, sans oublier qu'il avait le béguin pour elle... Il était donc bien peu objectif quant à la relation qu'elle entretenait avec Kevin. Mais son amie, elle, comprendrait ce qu'elle vivait. Oui, Rachel comprendrait, elle en était persuadée.

— O.K.! Je vais tout te raconter, mais avant, tu dois me promettre de garder ça secret, de ne rien dire à personne... Personne, Chel, c'est promis?

Rachel ouvrait des yeux mi-moqueurs, mi-étonnés, devant le ton grave que prenait son amie, tout en se demandant si elle ne la faisait pas un peu marcher. Mais elle promit, trop curieuse d'apprendre enfin ce qui préoccupait autant Véronique.

— Voilà, je te résume l'affaire. Il y a plusieurs semaines, j'ai commencé à échanger des messages sur Facebook avec un gars que je trouvais pas mal mignon et on a fini par établir des liens, on a appris à se connaître et à s'apprécier, si bien que je crois que je suis en train de tomber amoureuse de lui...

— Et lui ? demanda aussitôt Rachel, visiblement intéressée par l'histoire de sa copine.

— Je l'ignore. Il ne me l'a jamais dit, mais je pense qu'il m'aime bien. Il m'envoie des mots d'un romantisme fou, je n'ai jamais vu ça chez d'autres gars. Il a une façon absolument craquante de dire les choses ! Ce n'est pas de la poésie, mais c'est bien dit. Tiens, je viens justement de recevoir une carte de lui et c'est tellement chou... Attends, je te montre.

— Chou ?! murmura Rachel, en souriant.

Véronique ouvrit le tiroir de sa table de chevet et en sortit l'enveloppe jaune contenant le précieux mot. Le regard rêveur, le sourire éclatant, elle la contempla une seconde avant de la tendre à son amie.

— Regarde, il a même pris le temps de trouver une carte avec une œuvre de mon artiste préféré…

— Ah oui… je peux la lire ?

— Oui, oui, puisque je te la montre.

Rachel parcourut les quelques lignes, un demi-sourire accroché aux lèvres.

— Ooooohhh, c'est trop mignon… chanceuse ! C'est qui, ce Kevin ? Son prénom ne me dit rien.

— Kevin Fortin.

— Non, je ne vois pas, il est en quatre comme nous ?

Véronique pinça les lèvres.

— Non.

— Quoi, plus vieux ? En cinq ?

— Il ne va pas à notre école… ni même à une autre, en fait il a vingt-deux ans.

Cette fois, Rachel écarquilla les yeux de surprise, tout en fixant son amie.

— Ah ! OKKK… OKKK… ! Je vois. Voilà donc le problème, c'était trop beau pour être vrai…

Véronique fit une moue en signe de déconvenue, avant de marmonner tout simplement :

— Hmm...

— Et tu me dis que tu ne l'as jamais rencontré ?

Véronique secoua négativement la tête.

— Ouais, ouais ! Ça change pas mal l'histoire, tous ces détails. On passe de « rencontre d'un amoureux potentiel » à « histoire assez compliquée ». Je comprends mieux ton affaire maintenant. Ça explique pourquoi tu nous fuyais. Tu ne voulais pas qu'on sache ce qui te préoccupait et je devine pourquoi tu mens à ta mère...

— Euh, je ne lui ai menti qu'une seule fois ! rétorqua Véronique sur la défensive.

— Oui, mais tu l'as fait quand même. Et si tu devais le refaire pour protéger ce que tu vis, tu n'hésiterais pas. Je ne cherche pas à te blâmer Véronique, ajouta Rachel en voyant son air dépité. Je suis ton amie, mais je pense que tu n'avais pas à garder ça pour toi, du moins pas avec moi. Et puis c'est clair que tu n'es pas certaine de tes choix et de ce que tu fais. Je me trompe peut-être, mais je pense que tu t'interroges, tu te demandes si tu fais une erreur... et c'est certainement pour ça, aussi, que tu te décides à m'en parler aujourd'hui. Non ?

— Je ne sais pas. Honnêtement, je l'ignore. C'est vrai que je me sens un peu mal prise dans cette histoire. J'ai l'impression de ne plus trop savoir ce que je dois faire et je ne vois pas comment je vais présenter la chose à ma mère. Il va bien falloir que je le lui dise, je ne pourrai pas garder cette histoire secrète éternellement, mais elle n'aimera pas, j'en suis sûre, la façon dont ça a commencé.

— Elle va vite comprendre aussi que tu lui as menti.

— Oui, je le pense aussi, mais je ne sais pas si c'est ce qu'elle trouvera le plus grave. D'après moi, l'âge de Kevin sera difficile à faire accepter.

Un court silence se glissa entre elles, comme si les deux filles imaginaient chacune de son côté comment cette affaire allait s'arranger.

— Ça ne t'inquiète pas de ne pas le connaître... Je veux dire en vrai ? demanda à brûle-pourpoint Rachel.

— Non, pas vraiment. C'est d'ailleurs la seule chose qui ne me tracasse pas. Je sais que nous allons bien nous entendre. J'ai l'impression de tout savoir de lui, comme si je le connaissais depuis toujours. Il paraît que lorsqu'on rencontre notre âme sœur, on la reconnaît tout de suite.

— Et tu penses que c'est lui, ton « âme sœur » ? Pourtant, tu ne sembles pas en être si sûre que ça, je trouve. Si tu te décides à m'en parler, c'est peut-être parce que tu as quelques doutes ?

— Non, pas à ce sujet. Je ne doute pas de mon histoire avec Kevin, mais de tout ce qu'il y a autour. Si je t'ai mise dans la confidence, c'est parce que d'abord, tu insistais beaucoup — Rachel lui sourit —, mais aussi parce que je t'aime, que tu es ma meilleure amie et que j'avais envie de partager ça avec toi. Bon, j'avoue, j'ai aussi besoin d'en parler, car je n'aime pas les cachotteries...

— Humm... mouais... Et je suis la seule à être au courant ?

— Ben, non, pas tout à fait, il y a Émile, mais il ne sait pas tout... Il n'aime pas Kevin. Il pense qu'il n'est pas net, qu'il me manipule ou je ne sais quoi ! Je ne lui ai donc encore rien dit sur les détails de nos échanges et sur notre rencontre samedi prochain.

— Ah ! C'est bizarre, pourquoi est-ce qu'il pense ça de ton mystérieux correspondant ?

— Je ne sais pas sur quoi il se base, parce qu'il n'a jamais échangé avec lui… Mais tu sais comment est Émile, toujours à faire des grands discours sur la vie et les êtres. Il pense que si Kevin était honnête, il se serait déjà présenté en personne. Il serait venu à mon anniversaire… Et surtout, mais ça c'est discutable, il ne s'intéresserait pas à une fille de mon âge.

— Mouais, il n'a peut-être pas tort, tu sais. C'est vrai que la différence d'âge est importante quand même… Bon, moi, ça ne me dérange pas, quand on s'entend bien avec quelqu'un, l'âge n'a pas d'importance, mais disons que pour bien du monde, ça passe assez difficilement. Ado et adulte, ça ne va pas ensemble. J'ai vu l'autre jour sur Internet une histoire entre un homme dans la cinquantaine et une fille qui n'était pas majeure !

— Hein, ouach, c'est dégueu !

— Ouais, mais il paraît qu'ils s'aiment.

— Je trouve ça malsain, répondit Véronique en plissant le nez en signe de dégoût. Mon Kevin n'a pas cinquante ans, il en a seulement vingt-deux, c'est jeune…

— Ça dépend pour qui, lui répondit Rachel. Pas pour nos parents, j'en suis certaine…

— Et pas pour Émile, ajouta Véronique en éclatant de rire.

Les deux amies se moquaient un peu de leur ami, et cette bonne humeur eut pour effet de détendre l'atmosphère.

— C'était de lui, l'appel que tu as reçu le soir de ton anniversaire ? Tu semblais si triste après…

— Tu as remarqué ?

— Tout le monde l'a remarqué, Véronique… Personne n'a passé de commentaire et nous avons tous fait des efforts pour que ça ne vienne pas foutre en l'air l'ambiance de ta fête. Mais tu faisais une de ces têtes après ce coup de fil… pfff! conclut l'amie en secouant la main.

— J'étais tellement déçue qu'il ne vienne pas…

— Oui, j'imagine… mais pourquoi n'est-il pas venu ?

— Il avait un contretemps.

— Un « contretemps » ? Tu parles comme mon père…

— Ce n'est pas de moi, répondit l'adolescente en souriant, c'est ce qu'il m'a dit au téléphone.

— C'est le terme qu'il a utilisé ?

— Hey ! C'est drôle que tu me demandes ça, Émile m'a fait exactement la même remarque.

Bien sûr, ce sont ses mots exacts, pourquoi accrochez-vous tous les deux là-dessus ?

— Tu ne trouves pas que ça fait pas mal vieux comme mot ? Nos parents disent ça, un contretemps. « Nous avons un contretemps, nous ne pourrons pas venir… », lança-t-elle en imitant sa mère, ce qui fit rire Véronique.

— Il s'exprime comme ça, c'est son style. Je pense que ses parents sont anglophones, ce qui a certainement influencé sa façon d'apprendre le français. C'est normal qu'il n'ait pas les mêmes expressions et le même vocabulaire !

— Mouais, peut-être… il a un accent ?

— Non… enfin, je n'ai pas vraiment remarqué, nous nous sommes à peine parlé.

— Hmmm ! Et tu dois rencontrer cet énigmatique correspondant en fin de semaine, ici ?

— Nous sommes un peu plus que des correspondants maintenant, disons plutôt des amoureux potentiels, je préfère. Mais, oui, il doit venir samedi matin…

— Heu… tu veux que je sois là ?

— Ben non, pourquoi ?

— Je ne sais pas, au cas où !

— Tu agis comme Émile, là ! Coudon, vous êtes bien protecteurs avec moi !

— Ben, c'est normal qu'on se fasse un peu de souci, non ? Tu sais, à bien y penser, Émile n'a peut-être pas tort. Après tout, tu ne le connais pas, ce gars-là. Même si tu le trouves très correct, tant qu'il ne sera pas en face de toi, tu ne sauras pas à qui tu as réellement affaire.

CHAPITRE 6

Réalisant soudain l'heure tardive, Rachel quitta l'appartement de son amie au moment où Marie-Hélène allait rentrer du travail, soit un peu avant dix-huit heures.

De son côté, Véronique se fit la remarque qu'elle n'avait pas revu Émile depuis leur entretien du matin, alors qu'elle lui avait confié qu'elle se sentait suivie. Elle traversa le couloir pour aller cogner à sa porte, mais de toute évidence, son cher voisin n'était pas chez lui. Elle haussa les épaules et rentra préparer le souper.

Rachel marchait rapidement ; elle n'avait pas prévu de passer autant de temps chez sa copine. Elle avait complètement oublié le rapport de labo à remettre le lendemain matin. Les deux filles habitaient à quelques rues l'une de l'autre, la polyvalente se trouvant entre leurs deux résidences. Elle pressait le pas, le regard fixé sur le trottoir qui s'étirait devant elle, perdue dans ses pensées. Elle repassait les confidences de Véronique tout en songeant à ce que vivait son amie lorsqu'elle sentit un picotement au niveau de la nuque. Pendant une fraction de seconde, elle ne se sentit pas bien ; une désagréable impression s'empara d'elle, un drôle de sentiment, quelque chose de déplaisant. Répondant au besoin impérieux de se retourner, elle jeta un coup d'œil par-dessus son épaule en accélérant le pas. L'appréhension la gagnait, la peur infiltrait son esprit et soudain, sans raison apparente, Rachel se mit à courir. Elle courait aussi vite qu'elle le pouvait, sans se retourner et sans prendre le temps d'analyser la situation ou de tenter de se raisonner. Elle répondait à son instinct. Celui-ci lui criait de fuir le plus rapidement possible. Rachel était en état de panique et, à son grand malheur, elle ne croisa personne qui aurait pu lui venir en aide. Évidemment, c'était l'heure du souper : les gens, pour la plupart, étaient déjà rentrés chez eux et le quartier où elle vivait n'était pas le plus grouillant de la ville. En temps normal, c'était des plus agréables, mais là, l'adolescente aurait aimé que la rue soit animée et pleine de promeneurs. Moins de cent cinquante mètres et elle serait enfin chez elle. Rachel eut alors une idée, elle extirpa son téléphone cellulaire de sa poche et appuya sur la touche « maison ».

— Répondez... vite, vite ! Papa ? s'écria-t-elle, haletante. Papa... j'ai peur... viens me rejoindre... quelqu'un me suit... je suis au coin de la rue, près du parc...

Déjà sa demeure était en vue. À cet instant, elle vit la porte de chez elle s'ouvrir et son père sortir en courant. Il s'arrêta une seconde pour localiser sa fille et s'élança dès qu'il l'aperçut. Rachel se jeta dans ses bras et éclata en sanglots, tandis que son père, sur le qui-vive, les sourcils froncés, scrutait les alentours. Il n'y avait personne. La rue était complètement déserte.

.•.

Le groupe d'amies était assis dans la salle des étudiants, regroupé autour de Rachel qui leur racontait ce qu'elle avait vécu la veille. L'adolescente était encore ébranlée, cela se voyait : son regard était nerveux et elle sursautait au moindre bruit. Véronique et Émile, qui venaient d'arriver à l'école, les rejoignirent comme presque tous les matins. Véronique n'avait pas reparlé à son amie depuis la veille, et de ce fait, ignorait tout de ce qu'elle avait vécu. Quel ne fut pas son ahurissement lorsqu'elle entendit le récit de sa camarade ! Elle laissa fuser un petit cri avant de dire :

— C'est exactement ce qui m'est arrivé hier matin, en m'en venant ici. J'avais cette même impression que tu décris, j'étais certaine que quelqu'un me suivait. J'étais terrorisée, même si nous étions en plein jour. Pourtant, lorsque je me suis retournée pour regarder, il n'y avait personne ! Comme pour toi.

— Nous devrions peut-être prévenir la police, proposa Rachel, visiblement inquiète. Mon père voulait le faire hier soir, mais nous avons hésité, car il n'y avait personne. Il a passé la soirée à regarder par la fenêtre, sans rien voir.

— Je ne sais pas si c'est une bonne idée. Qu'allons-nous leur dire ? Que nous pensons être suivies ? Dans les faits, il ne s'est rien passé. Nous avons toutes les deux eu l'impression qu'on nous suivait, mais en réalité, il n'y avait personne !

— C'est quand même bizarre que toutes les deux nous ayons eu cette impression. Nous ne sommes pas le genre de filles à imaginer de telles histoires ! Je sais très bien que je n'ai pas rêvé, que c'était bien réel. J'étais dans un tel état hier soir, moi qui suis pourtant si terre à terre. Et en plus, il était dix-huit heures, pas deux heures du matin ! Non, non, je n'ai pas rêvé... Tu en as parlé à quelqu'un, toi ?

— À part toi et Émile, fit Véronique en désignant le garçon, personne n'était au courant. Le plus surprenant, c'est que toute la journée d'hier, j'étais mal, vraiment pas bien...

— Comme moi, hier soir. J'ai pleuré, je ne sais pas combien de temps. Jamais je n'avais ressenti une telle peur... Mes parents étaient eux aussi inquiets. Je ne comprends rien. Je suis persuadée, même s'il n'y avait personne, qu'il y avait quelque chose... une menace. Si je n'avais pas eu la présence d'esprit d'appeler mon père, je ne sais pas ce qui se serait passé...

— C'est certain que celui qui te suivait s'est caché en voyant ton père arriver... dit Rose-Emmanuelle.

— C'est sûr ! En tout cas, mon père m'a accompagnée ce matin à l'école et mon frère doit m'attendre à la fin de la journée. Je ne rentre pas toute seule.

— C'est vraiment bizarre, cette affaire, commenta Émile. Le même jour, alors que tu sortais justement de chez Véronique…

— Peut-être que tu es surveillée, lança sans prendre de gants Simone, qui n'avait jamais la langue dans sa poche, à l'intention de Véronique.

L'adolescente se figea à cette idée. Elle devait admettre que la coïncidence était étonnante. Sa meilleure amie et elle avaient ressenti la même frayeur. C'était troublant. Rachel et elle se fixaient avec attention. Véronique comprenait très bien son message silencieux : ne lui avait-elle pas dit la veille qu'elle se sentait observée ?

Émile, de son côté, gardait pour lui ses impressions, mais il ne pouvait s'empêcher de se questionner et de tenter d'établir quelques parallèles, qu'il préférait taire pour le moment. Rachel l'observait. Elle le connaissait assez maintenant pour deviner que le garçon se forgeait une opinion sur les événements. Émile avait un esprit de déduction remarquable. Véronique, elle, se demandait si ce qui était arrivé à Rachel avait un lien avec ce qu'elle avait vécu elle-même.

La première cloche sonna, informant les élèves qu'ils avaient cinq minutes pour se rendre à leurs locaux, mettant ainsi fin à la discussion pour le moment. Les cours allaient débuter et chacun retrouva son statut d'étudiant. Véronique prit Rachel dans ses bras ; elles se serrèrent un instant en silence avant de se diriger main dans la main vers la salle du cours d'anglais, sous le regard inquiet de leurs amis.

CHAPITRE 7

Le double-clic ouvrit la boîte aux lettres sur laquelle le chiffre « 1 » indiquait qu'un message attendait.

....

Bonjour Agathe. Je suis très content de recevoir de tes nouvelles, je pensais que tu n'étais plus vraiment inté-ressée par nos échanges. Nous nous connaissons à peine et je croyais que mes propos avaient peut-être été maladroits. Je n'ai pas toujours le mot juste, j'espère que tu me par-donneras, mais le français n'est pas ma langue maternelle. Je souhaite tellement que nous soyons amis, le veux-tu, toi aussi ?

Kevin

....

....

Kevin, je comprends très bien ta peur de mal t'exprimer, mais crois-moi, ton français est parfait, même trop, on dirait un prof ! ☺ C'est vrai que j'étais absente de Facebook depuis quelques jours, mais j'avais des examens à préparer.

Ma mère est très stricte sur ça, je ne peux aller sur Internet que si mes travaux sont terminés et lorsque j'ai des exams, c'est pire. Si j'avais su que tu te faisais du souci, je t'aurais écrit un mot pour t'expliquer. Oui, j'aimerais être ton amie, avec plaisir. Mais avant je voudrais en savoir un peu plus sur toi.

A.

Agathe, je suis comme un livre ouvert, tu peux me demander ce que tu veux. Je pense que la franchise est la base de toute relation. En passant, tu me dis que je m'exprime comme un prof, je trouve ça drôle parce que mes parents sont professeurs !!! ☺ Ta mère me fait penser à la mienne, ta réussite est importante à ses yeux. Tu dis que ta mère est stricte, c'est parce que tu n'as pas encore rencontré la mienne.

Kevin

On devrait les présenter… Euh, peut-être pas, à bien y penser ! ☺ Tu m'as dit que tu avais dix-sept ans, c'est ça ? À quelle poly tu vas ? Est-ce que tu demeures dans mon coin ?

A.

Wow, t'en as des questions ! Oui, j'ai dix-sept ans depuis novembre. Je vais à la polyvalente Édouard-Montpetit dans Hochelaga, j'ignore si c'est dans ton coin. Tu habites où ?

Kevin

Je vais à la poly Jeanne-Mance, sur le Plateau-Mont-Royal. Pas tout à fait dans le même coin !!!

A.

Ben non, ce n'est pas si loin que ça, il y a l'autobus ! À mon tour de te poser une question, je peux ? ☺

Kevin

Vas-y. Si je t'en pose, il est normal que tu le fasses aussi.

A.

As-tu un petit ami... un amoureux ? ☺

Kevin

— Nous y voilà enfin ! s'exclama la voix devant le clavier.

Non, je suis célibataire depuis quelque temps. Et toi ? ☺
A.

Comme toi, je suis libre. Mais je suis surpris que tu n'aies pas de petit copain, tu es si jolie, tous les gars doivent te courir après. Tu dois être la reine de la place !
Kevin

Euh non, pas vraiment. J'espère que tu ne te moques pas de moi, je ne trouverais pas ça drôle ! On ne peut pas dire que je sois très populaire à mon école.
A.

Jamais je ne me permettrais de rire de toi, je te le promets. Si les gars ne te voient pas, alors c'est qu'ils ont un sérieux problème, ils sont aveugles, parce que moi, je ne laisserais pas passer la chance de sortir avec toi, si ça se présentait.
Kevin

T'es bien gentil de me dire ça, mais tu n'étais pas obligé. En fait, peu de garçons s'intéressent à moi, je n'ai pas, disons, le physique le plus « hot » de l'école.

A.

Ah, oui ??! Je ne te crois pas... T'es super « hot », je te trouve vraiment très belle en plus d'être intéressante. Bon, on ne se connaît pas beaucoup, mais je devine les gens et je sens que tu es une fille que l'on gagne à connaître... D'ailleurs, l'idée ne te tente pas que l'on se rencontre en vrai ? Ah, et puis en passant, je ne me sens pas obligé de faire les compliments que je fais. Je les dis parce que je les pense, la vérité est plus intéressante que le mensonge...

Kevin

— Ben, oui, c'est certain ! Quel menteur ! Il essaie en tout cas... c'est sûr, mon gars, qu'on va se voir !

Euh, je ne sais pas trop, ça ne fait pas si longtemps que ça qu'on se connaît. J'ai une amie qui a eu une mauvaise expérience avec ce genre de rencontres, elle s'est retrouvée aux prises avec un fou furieux qui l'a harcelée. Il a fallu qu'elle prévienne la police. Bon, je suis certaine

que tu n'es pas comme ça, mais tu comprends que j'hésite
un peu.

A.

....

....

Oh, je ne te force pas ! Tes hésitations sont normales, surtout après ce qui est arrivé à ton amie, pas drôle comme histoire.
Y a bien du monde cinglé sur Internet, c'est sûr qu'il faut se
méfier. Mais je pensais que le courant passait bien entre nous et
au lieu d'échanger ici, de nous limiter dans nos mots, je me suis
dit que ça pourrait être sympa de le faire en face. Mais je comprends que tu sois incertaine et je trouve ça plutôt cool même, en
tout cas, ça me dit que tu n'es pas le genre de filles à sortir avec
n'importe qui. C'est O.K. ! J'aime ça.

Kevin

....

— Que tu es habile !

....

Tu ne me trouves pas plate ?

A.

....

....

Hein, ben voyons donc ! Jamais de la vie, au contraire. Tu
es une fille avec des principes, c'est cool… je respecte ça. C'est
correct que tu ne veuilles pas me rencontrer, je suis qui pour te
juger ? On se croisera peut-être un de ces jours, qui sait. Je suis

content de t'avoir connue, Agathe, tu es quelqu'un de bien. Ne change surtout pas. ☺

Kevin

....

— Ah, il est sournois le maudit, c'est pas croyable !

....

Bon, tu es fâché, je le sens. Déçu aussi… certainement. Tu ne veux plus qu'on se parle, c'est ça ?

A.

....

....

Oui, on pourrait continuer comme ça, c'est certain, mais je ne vois pas où ça va nous mener… ce dont j'ai envie, c'est de te connaître, de te voir, d'entendre ton rire et ta voix. Me rendre compte à quel point tu es belle. Pas échanger des mots fanto-matiques, vides d'intérêt, parce qu'ils me sont retransmis par un ordinateur. Ça ne me dit rien sur ton sourire ni sur ton regard.

Kevin

....

....

Oui, je sais… tu as raison… c'est vrai que des échanges sur Facebook, ça reste superficiel, on ne voit pas vraiment à qui on a affaire. Il n'y a rien d'authentique là-dedans… Je vais y penser, d'accord ? Tu me laisses un peu de temps ?

A.

....

Bien sûr, Agathe, j'attendrai ton message et ta réponse avec impatience. À bientôt, j'espère.
Kevin

·•·

— As-tu des nouvelles de… Kevin ?

La question d'Émile se voulait détachée et sans arrière-pensée, mais Véronique y décelait tout ce qu'il tentait de cacher. Son voisin ne parvenait pas à dissimuler ce qu'il ressentait à l'égard de *Lui*, elle ne le savait que trop. Il l'avait si souvent dit ces dernières semaines. Mais ce qu'elle lui cachait, c'est à quel point elle appréciait qu'il soit ainsi. Elle n'aurait pas su lui expliquer pourquoi, mais au fond, la méfiance du garçon la flattait. C'était tellement agréable de savoir que l'on pouvait compter à ce point pour quelqu'un.

— Je dois le voir en fin de semaine, dit-elle sans quitter l'écran des yeux.

Les deux amis se trouvaient dans l'appartement d'Émile, où ils avaient entrepris de jouer une partie de *Dead Rising 2*. C'était une des choses qu'Émile appréciait le plus chez Véronique : elle tuait des zombies comme d'autres filles parlaient des dernières tendances à la mode !

— Quand ?

— Je ne sais pas encore !

— … et tu le rencontres où ?

— Ici.

— Chez moi ?

— Mais non, que t'es bête ! Chez moi. Quand je dis ici, c'est là, dit-elle en désignant la direction de son appartement d'un signe de la main.

— Mais ta mère ne sera pas là !

— Justement. C'est le moment idéal, non ?

— Pour qui, pour toi ou pour lui ?

Cette fois, Véronique tourna la tête vers son ami et le regarda bien en face :

— Écoute, Émile, je sais que tu ne l'aimes pas et je respecte tout à fait ton opinion. Mais je n'éprouve pas les mêmes sentiments que toi et tu t'en doutes. Moi, je suis très ouverte à l'idée de le rencontrer ce week-end et en plus, j'ai vraiment très hâte. Je ne peux pas te forcer à l'aimer ni même à l'apprécier, mais s'il te plaît, pour moi, laisse-lui une chance. De mon côté, je te fais la promesse que s'il ne me plaît pas, je le mettrai gentiment à la porte, d'accord ?

— Tu vas me faire une autre promesse : je veux que tu laisses ton cellulaire ouvert, si jamais il a… des gestes déplacés — dit-il après une hésitation —, s'il te manque de respect, si tu as besoin de moi, je veux que tu m'envoies un signal. Une simple sonnerie suffira et je rappliquerai dans le temps de le dire… D'accord ?

Véronique eut un petit sourire, elle le trouvait tellement mignon. Elle plaça sa main sur l'avant-bras de son voisin avant de déposer un baiser sur sa joue.

— Si ça peut te rassurer, je te le promets. Je laisserai mon téléphone ouvert, cher ange gardien, mais tu te trompes sur son compte.

— Très honnêtement, Véronique, je l'espère. Mais dis-moi, si je comprends bien, tu as raconté des histoires à ta mère pour rester ici ce week-end ?

L'adolescente lui répondit par un sourire.

— Pas joli, joli tout ça !

— Tu n'en parles pas à tes parents, hein, sinon, ils vont tout raconter à ma mère ?

— Véronique, voyons, pour qui me prends-tu ? Tu devrais savoir maintenant que je suis avec toi, envers et contre tous !

CHAPITRE 8

« Allô Véronique ! Je suis désolée, mais je vais arriver en retard, je suis coincée dans l'autobus qui, lui, est pris dans le trafic. Je te rejoins au cinéma. Chel. »

L'adolescente fit une grimace en écoutant le message de son amie sur son cellulaire. Elles devaient aller au cinéma, c'était prévu depuis des jours, puisque le lendemain, elles étaient en congé pédagogique. Mais elles devaient s'y rendre ensemble. Depuis cette histoire de filature, les deux filles ne se sentaient pas très rassurées à l'idée de se promener dans les rues, encore moins de se retrouver seule dans une salle de cinéma. Mais Véronique se disait qu'elle n'allait tout de même pas se priver de ce plaisir par appréhension. Elle envoya un texto à son amie : « O.K. ! On se rejoint là-bas. »

— M'man ?

— Oui, ma biche ?

— Tu peux me déposer au cinéma ?

Marie-Hélène entra dans la chambre de sa fille. Évidemment, elle ignorait tout des histoires de Véronique et de Rachel, ainsi que des coups de téléphone anonymes qui devenaient vraiment stressants, car de plus en plus fréquents. Véronique savait qu'elle devrait en parler à sa mère, mais elle ignorait totalement comment aborder le sujet, et par où commencer. De plus, elle avait peur que celle-ci décide d'annuler son week-end à Bedford pour rester à Montréal, de crainte qu'il ne lui arrive quelque chose. Elle devrait alors déplacer son rendez-vous avec Kevin. Sans compter que Marie-Hélène lui en voudrait certainement de ne pas lui en avoir parlé avant. Bref, Véronique ne savait pas quoi faire. Elle s'interrogeait très souvent sur ce qui se passait depuis quelque temps dans sa vie. Qu'est-ce qui était réellement important dans toutes ces histoires ? Peut-être s'imaginait-elle des choses. Existait-il réellement un lien entre tous ces éléments qui reposaient en grande partie sur des impressions… ? Les appels étaient bien réels, mais qu'avaient-ils en commun avec cet étrange sentiment d'être suivie ?

— Oui, bien sûr, je dois justement sortir. Mais tu ne dois pas y aller avec Rachel ?

— Si, si, mais elle est prise dans un embouteillage, elle me rejoindra là-bas dès qu'elle le pourra.

•—•

La jeune femme se dirigea vers la rangée du milieu, qui était selon elle le meilleur endroit pour bien voir un film et ne rien manquer. On était ni trop près ni trop loin. Elle envoya un texto à Rachel pour lui indiquer où elle se trouvait exactement, afin qu'elle ne la cherche pas dans le noir si elle arrivait plus tard. La salle se remplissait à un rythme régulier et l'adolescente se doutait bien qu'elle serait pleine lorsque le film débuterait. Véronique ouvrit un sac de Nerdz pour en grignoter quelques-uns avant de les ranger dans la poche de son kangourou. Elle aimait tellement cette gourmandise, comme tous les bonbons d'ailleurs, qu'elle pourrait les terminer en quelques bouchées si elle s'écoutait. À sa droite, elle vit une silhouette s'engager dans son allée et venir s'asseoir à deux sièges d'elle. Elle jeta un regard furtif à celui qui venait de s'installer. L'homme, qui était seul, devait avoir environ vingt-cinq ans et avait belle allure. Elle le trouva très beau avec sa petite barbichette et ses cheveux noirs mi-longs qui ondulaient sur ses épaules. Il portait une chemise bleue à carreaux et un jeans. Il avait du style !

La lumière baissa et elle reporta son intérêt sur l'écran où une explosion d'images envahit l'espace blanc. Les bandes-annonces de films à venir étaient accompagnées d'un son rythmé qui avait pour but de capter l'attention des cinéphiles.

C'est alors que Véronique s'aperçut que l'homme était penché vers elle et qu'il cherchait à lui parler.

— Je suis désolé de te déranger, mais je peux te demander un service ?

L'adolescente, surprise, opina par petits coups de tête, le regard incertain.

— Je dois sortir un instant, je viens de recevoir un appel auquel je dois répondre rapidement et je voudrais savoir si c'est possible que tu surveilles ma place ? La salle commence à être pas mal pleine et je suis certain que dès que je vais me lever pour aller passer mon coup de fil, je vais la perdre. Et ça m'ennuierait beaucoup de me retrouver dans la première rangée avec eux, dit-il en désignant un groupe de six jeunes qui ne cessaient de rire bruyamment, de se jeter du pop-corn tout en sortant des commentaires des plus déplacés.

Elle admit que la perspective était assez moche. Cela la fit sourire. Elle reporta son attention sur l'étranger pour le dévisager un court instant, incertaine. Il semblait honnête, et puis ce qu'il lui demandait ne l'engageait à rien.

« Il te demande juste de garder sa place, pas de sortir avec lui ! » se dit-elle. Elle pouvait bien lui rendre ce petit service.

— Oui, oui, d'accord, je vous la garde…

— Merci, c'est très gentil, je reviens tout de suite.

Sans rien ajouter, il se leva et sortit de la salle. Véronique le suivit du regard tout en cherchant à se faire discrète. Elle constata qu'il avait laissé un blouson à sa place, ce qui aurait suffi, selon elle, à arrêter quiconque aurait songé à prendre son siège, mais bon, le « monsieur » ne souhaitait visiblement pas courir de risque. Elle haussa les épaules, se disant qu'elle se fichait un peu des raisons de l'inconnu, lorsqu'elle sentit une légère vibration sur sa cuisse. C'était son cellulaire : « Je serai chez moi dans 10 min, mon père m'attend pour me donner un lift. Tu me raconteras le début !!! »

« J't'attends », pianota Véronique avant de refermer son téléphone et de le remettre dans la poche de son pantalon. L'homme réapparut au même moment et reprit sa place.

— Merci beaucoup, dit-il en lui tendant un sac de réglisses rouges.

Elle le regardait, stupéfaite, incertaine de bien comprendre la raison de son geste.

— C'est pour te remercier d'avoir monté la garde ! ajouta-t-il en guise d'explication, son charmant sourire toujours sur ses lèvres. Aimes-tu la réglisse ? Moi j'adore la noire et la rouge !

Véronique en raffolait, comme tous les autres bonbons, mais elle hésitait à répondre. Elle se décida enfin, réalisant que son silence, en plus de sa bouche ouverte comme celle d'un poisson hors de son bocal, devait lui donner un air plutôt stupide.

— Oui, oui, j'aime beaucoup.

— Alors tiens, elles sont pour toi, je te les offre, et je te promets de ne pas piger dans ton sac, fit-il en lui montrant le sien, armé d'un séduisant sourire.

« Il sourit toujours comme ça ? » se demanda-t-elle, de plus en plus déroutée par le côté sympathique et tout à fait séduisant du gars.

Véronique se disait qu'elle devait tout de même rester sur ses gardes. Elle ne savait pas quoi faire dans une telle situation puisqu'il ne lui était encore jamais arrivé de se faire ainsi aborder par un homme de cet âge. Pour ne pas avoir l'air trop idiote, elle reporta son attention sur l'écran, tout en priant pour que Rachel arrive au plus vite. L'inconnu, qui lui tendait toujours le paquet de réglisses, sembla se lasser et les déposa sur l'accoudoir du siège avant de porter son attention sur le film qui débutait enfin. Véronique pensait l'avoir froissé et elle en ressentit un malaise.

« Idiote, il t'offre des bonbons pour te remercier et tu l'ignores... quelle sauvage tu fais, bravo ! Il doit penser que je suis une simple d'esprit ! »

— Heu, merci... je...

Mais elle n'ajouta rien et se contenta de prendre le sac de réglisses.

— J'adore les films avec Matt Damon, affirma-t-il sans quitter l'écran des yeux, si bien que Véronique se demanda s'il s'adressait vraiment à elle. Peut-être parlait-il à la personne assise à sa droite. Mais elle s'entendit tout de même répondre :

— Oui, moi aussi, c'est un de mes acteurs préférés.

— Héhé, moi aussi. As-tu vu *Au-delà* ? lui demanda-t-il en tournant légèrement la tête vers elle, sans toutefois perdre de vue l'action qui se déroulait sur l'écran. J'ai adoré ce film !

— Oui, moi c'est pareil… j'ai dû le voir une bonne dizaine de fois !

— Tout comme moi… tu es une vraie fan ! C'est cool !

L'inconnu se tut et sembla de nouveau se concentrer sur la projection.

C'est alors que Rachel fit enfin son entrée. Elle repéra vite son amie et se faufila jusqu'à elle, pour s'asseoir entre Véronique et l'inconnu. L'homme et Véronique eurent juste le temps d'échanger un dernier regard. L'adolescente ressentit un léger pincement au cœur, une pointe de frustration, comme si elle en voulait à son amie d'arriver à ce moment-là, de briser ce fil invisible qui se nouait entre eux.

Rachel se pencha vers elle.

— Je suis contente d'être arrivée… L'enfer ! Tu ne t'es pas trop ennuyée, toute seule ?

Sans répondre, Véronique plongea la main dans le sac de réglisses et en sortit trois, avant de tendre le paquet à Rachel et de fixer son attention sur le film.

— Non, non, tu arrives juste à temps, le film vient à peine de commencer, tu n'as absolument rien manqué…

Mais cette façade de fille absorbée par le film était fausse ; en réalité, l'adolescente était remuée. Ses pensées se tournaient vers cet inconnu qui se trouvait à peine à deux mètres d'elle. L'homme assis à droite de Rachel l'avait totalement déstabilisée. Le trouble était encore plus profond du fait qu'elle ne comprenait pas pourquoi elle ressentait un tel émoi. Elle était attirée par lui, comme par un aimant. Véronique avait cette impression de le connaître, ce que l'on éprouve parfois en rencontrant quelqu'un pour la première fois. Quelque chose en lui lui était familier, et pourtant, elle était certaine de ne l'avoir jamais vu avant.

Pourquoi alors se trouvait-elle dans cet état ? Comme si soudain on lui avait enlevé une chose à laquelle elle tenait beaucoup, comme un enfant à qui l'on retire un jouet qu'il souhaitait ardemment posséder ? Était-ce cette façon qu'il avait eue, en quelques mots, de la mettre en confiance ? Ses paroles avaient su la charmer. Jamais un garçon de son âge ne lui avait fait ressentir cela.

Elle réalisait que l'homme avait ce point en commun avec Kevin. Ces deux inconnus savaient la mettre en valeur comme une femme et non comme une gamine et c'était bien cela qui l'avait séduite.

Kevin occupait aussi beaucoup ses pensées. C'en était troublant, car elle était parfaitement consciente des difficultés que cela engendrerait. Elle venait tout juste d'avoir seize ans et jamais, au grand jamais, sa mère ne serait d'accord pour qu'elle fréquente un garçon de cet âge. Était-elle prête, elle-même, à sortir avec quelqu'un de plus âgé qu'elle ? Que se passait-il donc pour qu'elle soit ainsi attirée par des hommes plus vieux ? Bon, elle avait toujours trouvé les garçons de son âge vraiment immatures, mais quand même ! C'était complètement fou ! Émile était un garçon intéressant, avec une maturité notable, il était charmant et mignon comme tout, alors quelle différence y avait-il avec les deux autres ? La façon d'agir et l'assurance dont ils faisaient preuve ?

« Bon, tu arrêtes de t'en faire avec ça ! Cet homme est vraiment très séduisant et se montre sympathique avec toi et tout de suite, tu te fais des idées. Il a certainement une copine et c'est bien ainsi. Tu oublies ça tout de suite, ma fille, il est beaucoup trop vieux pour toi ! De toute façon, tu ne le reverras plus jamais une fois le film terminé. »

CHAPITRE 9

— Dis-moi, ma biche, vous êtes en congé aujourd'hui, non ? N'aurait-il pas été possible que tu voies Rose-Emmanuelle pour ce travail que vous devez remettre la semaine prochaine, au lieu d'annuler ton week end à Bedford ?

— Heu, non, Rosema a un rendez-vous chez le dentiste aujourd'hui. Elle se fait arracher une dent, je crois.

— Ah, je vois. Elle n'a certainement pas envie de faire son travail aujourd'hui, je comprends. Bon, je pense que rien ne pourra y faire, tu ne m'accompagneras pas là-bas en fin de semaine, c'est vraiment dommage et ta cousine est très déçue, tu sais.

Véronique prit un air triste.

— Tant pis ! Alors, que prévois-tu faire par cette splendide journée ? lui demanda sa mère en désignant la fenêtre et le temps magnifique qu'il faisait à l'extérieur.

Marie-Hélène et sa fille prenaient leur petit-déjeuner ensemble, avant que la mère ne parte au travail.

— Je pensais aller faire un tour au centre commercial avec Rachel.

— Tu vas dépenser les sous que tu as reçus pour ton anniversaire? demanda Marie-Hélène, le sourire complice, en buvant une dernière gorgée de son café au lait.

— Peut-être, je ne sais pas encore. J'aimerais bien m'acheter quelque chose, je verrai...

— Alors profite bien de ta journée, je dois me sauver. Ne dépense pas trop, lui lança sa mère avec un clin d'œil. On se voit ce soir. Ah oui, n'oublie pas de fermer la porte arrière, je l'ai ouverte ce matin pour aérer.

Véronique opina de la tête et embrassa sa mère avant de refermer derrière elle, en poussant un profond soupir. « Quelle idée de génie, ce soudain rendez-vous chez le dentiste », pensait-elle. Elle avait encore la main sur la poignée de la porte, quand elle entendit un grattement. Elle sourit en ouvrant.

— Tu surveillais le départ de ma mère, tu ne veux pas la voir? dit-elle sur un ton moqueur.

— Non, non, c'est un hasard, elle est cool ta mère, répondit Émile en souriant. Dis donc, tu as l'air d'excellente humeur ce matin!

— Je suis toujours de bonne humeur!

— Ouais, c'est ce que disent généralement ceux qui ont mauvais caractère, lui renvoya le garçon en plaisantant. Alors c'était bien, ce film, hier soir? poursuivit-il en avalant une cuillerée des céréales de sa jolie voisine.

— J'ai aimé, mais pas Chel. Elle a trouvé ça trop violent.

— Hmmm, c'est un genre qui ne plaît pas à tout le monde. Je te l'avais dit que Rachel n'aimerait pas… Mais toi, tueuse de zombies professionnelle, la vue du sang ne te dérange pas, n'est-ce pas?

— «Tueuse de zombies professionnelle», tu n'exagères pas un peu? Et puis, tu le sais, je suis contre la violence gratuite.

— La violence gratuite?

— Tut, tut, on ne part pas sur ce sujet ce matin, s'il te plaît, je n'ai pas le temps!

— O.K.! De toute façon, je dois partir. Tu fais quoi, toi?

— Là, je vais finir mes céréales avant qu'elles ne soient plus qu'un tas de bouillie ou que tu les termines!

— Elles sont délicieuses, je peux m'en prendre un bol ? demanda-t-il tout en allant ouvrir l'armoire où se trouvaient les bols et en se servant directement.

Depuis longtemps, il n'y avait plus de gêne entre eux. L'appartement de l'un était le chez-soi de l'autre. Les deux adolescents étaient comme frère et sœur, enfin presque, parce que Émile ne voyait pas entre lui et Véronique de liens fraternels, du moins, ce n'était pas ce qu'il espérait développer.

— Et toi, tu fais quoi aujourd'hui ? lui demanda la jeune femme en buvant le reste de son lait, aromatisé à la saveur des céréales.

— Je dois rencontrer un ami vers neuf heures, quelque chose à régler... et toi, maintenant que tu as terminé ton petit-déjeuner ?

— À neuf heures ?! Tu devrais peut-être te bouger, lui dit-elle en regardant l'horloge accrochée au mur, il te reste à peine vingt minutes ! Moi, je vais faire les boutiques avec Chel et Rosema, tu nous rejoins après ton rendez-vous ?

— Heu... je ne pense pas, non... Pas vraiment mon truc. Je pense plutôt que je vais aller chez Will, il vient de s'acheter le dernier *Assassin's Creed*...

— Ah ouais, il a l'air trop cool, j'ai vu des extraits sur Internet, il est super bien fait… les dessins sont hallucinants.

— Ouais, les images de cette série sont particulièrement bien réussies, elles font très réalistes…

— Tu vas rester là toute la journée ?

— J'pense pas non, on se rejoint plus tard ?

— Ça me va… cet aprèm ?

— O.K. !

Véronique se prépara rapidement. Elle enfila un jeans, des ballerines et une tunique aux couleurs vives, brossa ses flamboyants cheveux roux et se maquilla légèrement, en finissant par appliquer un léger *gloss* orangé à saveur… d'orange ! Ses deux copines devaient passer la prendre dans moins de cinq minutes. Elle ouvrit son ordinateur, elle voulait savoir si Kevin lui avait écrit. Elle scrutait sa boîte de réception au moins vingt fois par jour, à l'affût du moindre mot du garçon. Mais depuis deux jours, il était étrangement silencieux. Véronique pensait qu'il devait être occupé ou que son père faisait encore des siennes. Il lui avait souvent dit que celui-ci était très autoritaire et que parfois, il lui interdisait l'accès à son ordinateur pendant des jours,

sans raison. L'adolescente le plaignait sincèrement. Elle aurait aimé lui parler, mais elle ne
connaissait pas son numéro de téléphone.

— Il faudra bien que je le lui demande,
comme ça je pourrais lui parler quand ça ne va
pas chez lui.

La sonnette de la porte d'entrée se fit
entendre ; Véronique s'élança pour aller
répondre à ses amies, qui étaient pile à l'heure.
La journée s'annonçait vraiment plaisante, les
filles étaient souriantes et de très bonne humeur.
Véronique attrapa son sac et ouvrit la porte, tout
sourire, avant de refermer derrière elle.

Elle n'était pas arrivée au coin de la rue
qu'elle se rappela qu'elle avait oublié de fermer
la porte arrière de l'appartement, mais l'autobus
qui allait en direction du centre commercial
arrivait. Elle monta à bord en compagnie de ses
amies puis téléphona à Émile.

— Émile ? Tu peux aller chez moi et fermer
la porte arrière avant de partir ? Je l'ai oubliée.
O.K. ? … Oui… Merci. À tout à l'heure.

Quelques instants plus tard, Émile entrait
chez les Sinclair pour se diriger vers le fond
de l'appartement afin de fermer la porte, qui
donnait sur une galerie et un escalier menant à

la ruelle. Il allait ressortir du logement de son amie quand il s'arrêta dans le couloir, soudain hésitant. Il avait très envie d'aller jeter un coup d'œil dans la chambre de sa voisine. Non pas pour fureter, mais simplement pour s'imprégner des lieux. Il se sentait un peu mal de faire cela, mais une fois n'était pas coutume et puis, il n'allait pas fouiller, juste… voir.

Il hésita encore une seconde devant la porte entrouverte, puis la poussa lentement avant d'entrer dans la chambre comme on entre dans un sanctuaire, avec respect et dévotion. Il ne fit qu'un pas, se contentant de regarder, de là où il était, chacun des objets comme s'il les voyait pour la première fois. Pourtant, il venait dans cette pièce très souvent. Mais là, sans la présence de Véronique, tout avait un aspect différent. Le parfum de son amie flottait dans l'air, une douce odeur de vanille. Il remarqua aussi que sa voisine n'avait pas éteint son ordinateur. C'était surprenant, car elle prenait toujours soin de le faire lorsqu'elle quittait sa chambre. Il pensa qu'elle avait certainement oublié. Il allait repartir quand une idée lui traversa l'esprit. Et si… ?

Émile bougea la souris et l'écran se ralluma sur la fenêtre laissée ouverte sur Facebook. Le garçon se pinça les lèvres ; une forte envie d'en apprendre plus sur Kevin le poussait à ouvrir les messages qu'ils avaient échangés. Il déroula le fil des échanges qu'ils avaient eus depuis des semaines et se mit à les lire. Le voisin de Véronique découvrait à travers ces écrits qui était Kevin, du moins, pensa-t-il, ce qu'il voulait bien laisser transparaître de lui.

•◄►•

— Wow, ce sac me fait trop rêver ! s'exclama Véronique en se tortillant devant le miroir, le sac à l'épaule, pour regarder sous tous les angles possibles l'effet qu'il donnait.

— Eh bien alors, c'est quoi le problème ? Prends-le, lança Rose-Emmanuelle, qui enroulait un foulard rayé autour de son cou, en jetant un coup d'œil à l'étiquette indiquant le prix.

— Ouais, j'sais pas, je le trouve un peu cher...

— Mais tu as reçu de l'argent pour ton anniversaire, tu peux t'offrir un super cadeau !

— Je vais voir... Où est Chel ?

— Elle essaie une chemise, répondit son amie en désignant du menton la cabine d'essayage.

Rose-Emmanuelle s'éloigna pour courir vers un étalage de foulards de toutes les couleurs et aux motifs aussi divers que jolis. Véronique reporta son attention sur le sac.

— Tu devrais le prendre, on dirait qu'il a été dessiné pour toi ! entendit-elle dans son dos.

Elle se retourna vers cette voix d'homme qui était encore très présente dans sa mémoire, bien malgré elle. Le mystérieux inconnu du cinéma était là, à la regarder. Son cœur s'emballa.

— Oh ! Euh... bonjour... Qu'est-ce que vous faites là ?

— Tu peux me tutoyer, j'en serais ravi.

— Ben, euh... comme tu veux ! Qu'est-ce que tu fais ici, alors ?

— Étrange coïncidence, n'est-ce pas ? Je passais devant le magasin lorsque je t'ai vue à l'intérieur. Je me suis arrêté pour te saluer.

— Vous... tu travailles ici, dans le centre commercial ?

— Non, non, pas du tout, répondit-il avec ce sourire qu'elle trouvait tellement charmant. J'avais un rendez-vous, c'est tout.

L'homme et l'adolescente se regardèrent un instant en silence. Véronique se sentait un peu mal à l'aise et ne savait absolument pas quoi dire, pourtant elle était ravie de le revoir. Mais quelque chose n'allait pas. Elle souhaita alors que ses amies la rejoignent au plus vite. Son vœu se réalisa lorsque Rose-Emmanuelle arriva enfin avec des foulards plein les mains.

— Véro, lequel je devrais prendre ? J'capote, je les trouve tous beaux ! lança-t-elle sans se rendre compte de la présence de l'inconnu, du moins sans se douter qu'ils discutaient ensemble.

— Je te laisse, je dois me rendre à mon rendez-vous, je suis heureux de t'avoir revue... Euh, j'ignore ton prénom...

— Véronique, répondit sagement l'adolescente.

— À une prochaine fois, Véronique... on se reverra, certainement ! Ah, en passant, tu devrais prendre ce sac, il est très beau. Il est à ton image, dit-il en la regardant droit dans les yeux avant de partir.

« *OMG !* Ce gars est désarmant ! » pensa Véronique.

— C'est qui, ce type ? demanda Rachel, qui venait elle aussi de les rejoindre.

— Très honnêtement, je ne le sais pas. Je l'ai rencontré hier, pendant que je t'attendais au cinéma... D'ailleurs, il était assis à côté de toi durant toute la séance.

— Pas remarqué... il est pas mal beau.

— Ouais… S'il n'était pas si vieux, il serait parfait ! lui répondit Véronique. Bon, on va voir ailleurs ? Vous avez terminé vos achats ?

— Hé ! Attendez, moi je veux prendre un de ces foulards, mais je ne sais toujours pas lequel ! Je les trouve tous tellement beaux.

Les trois filles oublièrent l'inconnu, du moins en apparence, car Véronique, elle, ne cessait de jeter de petits coups d'œil vers l'extérieur de la boutique. Qu'espérait-elle ? Le revoir ? Elles revinrent à ce qui les préoccupait alors, le choix d'un foulard. Elles riaient ensemble, tandis que Rose-Emmanuelle paradait en prenant de grands airs avec chacun des longs morceaux de tissu. Lorsqu'elle eut enfin décidé lequel elle prenait, elles allèrent régler l'achat à la caisse. La vendeuse était au téléphone. Lorsqu'elle raccrocha, elle demanda à Véronique :

— Le sac mauve, vous en avez fait quoi ?

Véronique, surprise, répondit un peu hésitante :

— Ben, je l'ai reposé à sa place, là-bas, dit-elle en désignant le présentoir où plusieurs exemplaires du même modèle étaient soigneusement disposés. Pourquoi ?

— Parce qu'il est à vous, mademoiselle, vous pouvez le prendre…

— À moi ? Non, non, je ne pense pas l'acheter, je ne suis pas sûre… J'hésite encore.

— Mais il est à vous, insista la vendeuse en la regardant droit dans les yeux.

Les trois filles échangèrent un regard.

— Comment il peut être à moi si je ne l'ai pas payé ? demanda Véronique, qui ne comprenait rien à ce que lui disait la vendeuse.

— Vous non, mais le monsieur à qui vous parliez, il y a un instant, oui. Il vient tout juste de régler l'achat par téléphone.

L'adolescente demeura sans voix, la bouche ouverte à dévisager la vendeuse comme si elle ne saisissait pas.

— Je ne vous suis pas…

La femme poussa un profond soupir en pensant qu'elle avait affaire à une idiote, car ce qu'elle venait de lui dire était, lui semblait-il, on ne peut plus clair ! C'était bien sa chance, c'était toujours sur elle que tombait ce genre de fille !

— Vous parliez bien à un homme, il y a quelques minutes ?

— Euh, oui.

— Eh bien, cet homme vient de payer le sac que vous regardiez, celui que vous aviez tout à l'heure à l'épaule, vous comprenez ? Il vous l'offre, c'est un cadeau… Vous saisissez ou je dois recommencer ?

— Non, non, ça va, j'ai compris…

— Alléluia ! s'écria la vendeuse en allant chercher le sac, laissant là les trois amies ahuries.

Elle revint, scanna l'étiquette et tendit l'objet à Véronique.

— Voulez-vous que je le mette dans un sac de plastique ?

Mais l'adolescente secoua négativement la tête.

— Merci.

— Mais de rien, très chère. C'est plutôt votre admirateur que vous devriez remercier, c'est un beau cadeau qu'il vous fait là, ce sac n'est pas donné. Vous le connaissez, au moins ? demanda la femme, soudain inquiète en repensant à la réaction de l'adolescente.

Véronique hésita une seconde avant de dire :

— Oui, oui, je le connais ! Je ne m'attendais pas à ça, c'est tout.

Les trois filles se lançaient des coups d'œil furtifs, mais aucune n'osa dire quoi que ce soit avant d'être à l'extérieur de la boutique. Elles s'éloignèrent rapidement des lieux.

— Tu viens de nous dire que tu ne le connaissais pas… c'est qui, ce gars-là ? demanda Rachel, n'en pouvant plus de se retenir.

— Mais je ne le connais pas, je vous le jure ! Je l'ai vu pour la première fois, hier, au cinéma. J'ignore même son nom. C'est vraiment trop *weird* !

Un silence s'installa entre elles, chacune semblait perdue dans ses pensées.

— Vous ne pensez pas, les filles, que je devrais retourner le sac à la boutique et dire à la vendeuse que je n'en veux pas ? demanda enfin Véronique, les yeux inquiets.

— Hein ? T'es folle ou quoi ? Tu louches dessus depuis tout à l'heure et là, tu n'en veux plus. Et puis, tu as dit à la vendeuse que tu le connaissais, elle va trouver ça bizarre… non ? demanda Rachel.

— Oui, c'est sûr ! Mais je ne le connais pas, ce type, c'est peut-être un cinglé… Hier, il m'offre des réglisses et aujourd'hui un sac. Deux rencontres en moins de vingt-quatre heures, et là… ici, au centre commercial, c'est trop biz pour moi. Je trouve ça étrange !

— Elles étaient de lui ? demanda Rachel, le regard étrangement animé.

— Oui, il me les a offertes parce que j'ai gardé sa place pendant qu'il sortait passer un coup de fil. Rien de bien extraordinaire là-dedans.

— Mais il t'a offert des réglisses…

— À son retour… pour me remercier.

— C'est vraiment trop chou ! s'exclama Rose-Emmanuelle, rêveuse.

— Chou ? Mais t'es folle ou quoi ? Y a rien de chou là-dedans, il doit avoir au moins le double de notre âge ! répliqua Véronique.

— Non, arrête, tu exagères. Il a à peine vingt-cinq ans, ce gars-là ! dit Rachel.

— Je te rappelle que c'est tout de même dix ans de plus que nous !

— Neuf ! Et alors, l'âge, c'est quoi ? On s'en fout…

— Euh, je ne pense pas que ma mère, ni la tienne d'ailleurs, trouverait ça cool qu'un homme de cet âge s'intéresse à sa fille !

— Ah, t'es rabat-joie… ! s'écria Rachel en accompagnant ses paroles d'un geste de la main.

— Non, mais attends, Rachel, s'il t'intéresse, je te le laisse tout entier ! Je n'ai aucun problème avec ça. Parce que moi, il ne me dit absolument rien et puis, je trouve ça louche un homme qui est attiré par des adolescentes. Ça cache quelque chose.

— Pfff! laissa échapper Rachel.

— En tout cas, j'espère ne jamais le revoir, il me met mal à l'aise.

Véronique fronça les sourcils un instant avant d'ajouter :

— Vous ne trouvez pas qu'il nous arrive bien des choses depuis une semaine ?

Rachel redevint sérieuse. La scène où elle rentrait chez elle paniquée lui revenait en mémoire. Elle fixa Véronique, le regard inquiet.

— Crois-tu qu'il y a un lien entre ce qui nous est arrivé et ce gars-là ? demanda Rachel.

— Comment veux-tu que je le sache ? Mais... mais je trouve que ça fait beaucoup en peu de jours. Je... non, je ne sais pas...

— Tu ne penses pas qu'on devrait en parler, Véronique ?

— À qui ? À nos parents, à la police ? Non, de toute façon il n'y a rien, juste des impressions, ne devenons pas parano. Nous nous faisons des idées, et nous imaginons des choses dangereuses là où il n'y en a pas. Ce type n'a sûrement rien à voir avec ce qui s'est passé en début de semaine, voyons…

Rachel et Rose-Emmanuelle la regardaient, soucieuses.

— Tu sais quoi, Véro ? dit enfin Rose-Emmanuelle. Tu n'as pas l'air très convaincue !

....

Chapitre 10

Salut Kevin,

Ça fait trois fois que je t'écris et tu ne me réponds pas, ce qui m'attriste beaucoup. J'ai longuement réfléchi à ta proposition et je pense que je suis prête à te rencontrer. Donne-moi de tes nouvelles, stp !

A.

....

Une quinzaine de minutes à peine s'écoulèrent, la réponse ne se fit pas attendre cette fois-ci.

....

Bonjour Agathe,

Quelle joie de recevoir un mot de toi aujourd'hui, et quel mot ! Je dois t'avouer que je ne pensais plus avoir de tes nouvelles. Je suis content que tu aies changé d'idée, car la pensée que nous n'ayons pas la chance de nous rencontrer me rendait triste. Je ne devrais pas te dire ça, car nous ne nous connaissons pas depuis bien longtemps, mais je tiens à notre amitié et je pense à toi très souvent. Je n'ai jamais rencontré une fille qui te ressemble, tu es unique. Heureux de te retrouver.

Kevin

....

— Oooohh, que c'est *cute*! S'il continue comme ça, je vais tomber en amour!

....

Tu es trop fin, même si je suis toujours aussi étonnée par ce que tu m'écris, j'ai peur que tu sois déçu en me voyant. Mais si tu y tiens vraiment, pourquoi pas ?!

A.

....

....

Déçu ??? Hein ??? Jamais de la vie. Je sais que je ne me trompe pas sur toi. J'ai vu tes photos, tu es belle, je vois bien que tu es intelligente et que tu as le sens de l'humour, tout ce que j'aime chez une fille. Dis-moi ce qui pourrait me décevoir en toi ?

Kevin

....

....

Moi, tout simplement ! Je ne suis peut-être pas telle que tu m'imagines, les photos peuvent bien souvent être trompeuses. Je suis certaine que tu vois ce que je veux dire. Je connais des gens qui font ça. Il y a des logiciels pour truquer des photos. Bon, ce n'est pas mon cas, ne t'inquiète pas. Quant à mon intelligence, difficile de juger de ça à travers nos échanges, du moins, c'est mon avis.

A.

....

....

Des photos trompeuses, jamais à ce point, Agathe. Tu ne peux pas être totalement différente de ce que je vois de toi sur Facebook. C'est impossible. Et ce que je vois me plaît beaucoup. Moi aussi, je pourrais te décevoir, je ne suis peut-être pas tout à fait à l'image de ce que tu vois. Si j'étais différent, accepterais-tu de me rencontrer quand même ?

Kevin

....

....

Toi ? Je suis certaine que tu es parfait. Mais même si tu étais laid ou complètement différent de ce que je vois sur tes photos, je sais que tu me plairais quand même, car tu as ce petit quelque chose de spécial qui m'attire énormément. ☺ Alors, où est-ce que tu veux qu'on se rencontre ?

A.

....

....

J'aime beaucoup le parc Lafontaine et ce n'est certainement pas très loin de chez toi, car je suppose que, si tu vas à la polyvalente Jeanne-Mance, c'est que tu demeures dans le quartier. On pourrait se rejoindre là, après l'école.

On ira faire un tour, je connais un endroit sympa juste
à côté.

    Kevin

....

....

    Quelle bonne idée, ça me tente beaucoup. J'adore ce parc,
j'y vais très souvent et tu as raison, j'habite tout près, sur De
Lorimier.

    A.

....

....

    C'est parfait ! Que dirais-tu de mardi prochain, après le
souper ? J'ai tellement hâte !

    Kevin

....

....

    Après le souper, je pensais plutôt après l'école ?

    A.

....

....

    Je préférerais en soirée, car je dois rentrer chez moi après
les cours, mon petit frère est au primaire et je dois le ramener à
la maison et attendre le retour de mes parents avant de pouvoir
ressortir. Ça ne te dérange pas ?

    Kevin

....

— Trop mignon le coup du petit frère, bien joué !

....

O.K., ça me va. J'espérais que tu ne me proposerais pas en fin de semaine, car j'ai quelque chose de prévu. Mais mardi, c'est parfait.
A.

....

....

Oui, moi aussi, j'ai quelque chose de prévu, une chose importante que je ne peux ni remettre ni manquer.
Kevin

....

....

Alors, on retient cette date. J'ai très hâte d'y être et de te rencontrer enfin.
A.

....

....

Pas autant que moi, si tu savais. J'en rêve depuis un moment maintenant. Tu ne regretteras pas notre rencontre, Agathe, je te le promets.
Kevin

....

J'en suis certaine. J'espère que de ton côté tu ne la regret-
teras pas non plus.

A.

◦—◦—◦

C'était la cinquième fois que Véronique vérifiait si Kevin lui avait laissé un message. Elle n'avait aucune nouvelle de lui depuis deux jours et ça l'inquiétait. Le père du garçon lui avait-il, une fois de plus, interdit d'utiliser l'ordinateur? Comment savoir, elle n'avait pas son numéro de téléphone pour vérifier. Elle le lui avait bien demandé, mais quelque chose avait détourné leur conversation et ensuite, elle avait fini par oublier. Elle espérait qu'il lui confirmerait l'heure de sa visite prévue pour le lendemain, mais il n'était que vingt-et-une heures, il pouvait toujours se manifester.

Marie-Hélène était en train de préparer son sac de voyage et elle passait et repassait devant la porte de la chambre de sa fille, allant de sa propre chambre à la salle de bains.

— Véronique?

— Oui?

— As-tu signé la carte de Sophie?

— J'y vais, m'man, donne-moi cinq minutes.

— Véro ?

— Oui, m'man ?

— Lequel de ces ensembles est-ce que je mets pour la communion ?

L'adolescente roula des yeux avant de se lever de son bureau. Elle ouvrit la porte, en montrant bien à sa mère qu'elle la dérangeait.

— Alors, lequel ? demanda Marie-Hélène sans se soucier de l'air de sa fille.

Elle lui brandit sous le nez deux ensembles. Le premier, bleu pétrole, se composait d'une jupe et d'une veste saharienne et l'autre, d'un pantalon et d'une tunique assez longue dans les teintes de sable.

— Pfff, je ne sais pas moi ! Pantalon et tunique, ça fait plus communion, un peu plus habillé.

— Parfait, lança Marie-Hélène en disparaissant dans sa chambre.

Véronique retourna dans la sienne et referma la porte.

— N'oublie pas de signer la carte, entendit-elle à travers les murs de l'appartement.

Elle ressortit aussitôt pour se débarrasser de cette corvée, tout en rechignant.

— Tu es bien de mauvaise humeur ce soir, lui lança sa mère en arrivant dans son dos. Pourtant, tu as eu une bonne journée, non ?

— Oui... ché pas... je pense que je suis fatiguée, c'est tout.

Véronique se pencha sur la table pour écrire quelques mots dans la carte destinée à sa cousine.

Marie-Hélène s'approcha d'elle pour replacer avec douceur une de ses mèches rousses, comme elle aimait si souvent le faire. Véronique l'embrassa sur la joue et retourna dans sa chambre, le moral en baisse.

Il n'y avait toujours pas de nouveau message. Elle soupira lorsqu'un petit signal sonore l'informa que quelqu'un voulait discuter en ligne avec elle. C'était Émile.

Émile : « Salut Véro, tu fais quoi ? Je dois te parler de quelque chose. »

Véro : « Rien. »

Émile : « Tu viens faire une partie d'*Assassin's* ? Mes parents sont sortis et frérot est chez ma grand-mère pour le week-end. Nous aurons la paix pour discuter. »

Véro : «Ché pas. Pas envie. Fatiguée.»
Émile : «Ça va ?»
Véro : «Bof!»

C'est alors que le chiffre « 1 » apparut pour lui indiquer qu'elle venait de recevoir un message. C'était lui, elle en était certaine.

Véro : «Émile, je dois te laisser. À + tard. ☺»

Émile voulut la retenir, car il désirait la voir, c'était pressant. Mais la fenêtre se referma, indiquant au garçon que sa voisine n'était plus en ligne. Il devait lui parler, mais il n'allait pas enfoncer sa porte. Il allait lui écrire, peut-être serait-elle ainsi plus attentive à ce qu'il avait à lui dire.

Véronique, de son côté, cliqua sur sa messagerie, mais sa joie fut de courte durée : elle constata que le mot n'était pas de Kevin, mais de Rachel. Elle soupira de nouveau de déception. Pendant un instant, elle considéra le message de son amie, sans l'ouvrir. Quelque chose de triste s'insinuait en elle depuis son retour du centre commercial, un vague à l'âme dont elle ignorait la raison. Normalement, elle devrait se sentir heureuse, elle allait rencontrer le garçon avec qui elle correspondait depuis des semaines. Celui qui semblait si bien la connaître et avec qui elle s'entendait à merveille. Alors pourquoi était-elle triste ?

Son regard se posa sur le sac qu'elle avait reçu, le cadeau de l'inconnu au sourire si désarmant. Qui était cet homme et quelles étaient les raisons qui l'avaient poussé à offrir à une adolescente qu'il ne connaissait pas un accessoire de ce prix ? Cherchait-il à la séduire ? Certainement. Elle s'en doutait bien, ou du moins, elle n'était pas assez naïve pour croire à un simple geste amical, totalement désintéressé.

Mais se pourrait-il que sa présence au cinéma n'ait pas été le fruit du hasard ? Que cette affaire d'appel à passer ait été une excuse pour l'aborder ? Serait-il le genre d'homme à draguer des jeunes filles ? À bien y penser, il en avait tout l'air.

Elle se demandait s'il n'était pas temps de mettre Marie-Hélène au courant de toute cette histoire insensée, qui l'obsédait depuis quelque temps : Kevin, leur rencontre qui aurait lieu le lendemain, cette impression de se sentir suivie,

Rachel aussi, les appels incessants lorsqu'elle était seule, les mensonges, le cinéma et cet inconnu, et pour finir, ce cadeau qui la mettait mal à l'aise. Elle éprouvait le besoin de lui en parler, de lui confier ses doutes et ses incertitudes, ses peurs également, mais elle savait qu'elle n'en ferait rien. Elle tenait trop à cette rencontre avec Kevin. Si elle mettait sa mère au courant, c'était évident que Marie-Hélène s'y opposerait. Elle décida de lui en parler plus tard. Après.

Elle ouvrit le mot de son amie.

Salut !

Je me demandais à quoi tu pensais ce soir. Demain est un jour que tu attends depuis un moment, es-tu prête ? Nerveuse, aussi, certainement. J'ai beaucoup pensé à ce cadeau que t'a offert cet inconnu du cinéma. J'en suis venue à penser comme toi. Peut-être que tu devrais le rapporter à la boutique. Comme tu le dis, ce n'est pas normal comme situation. Veux-tu que je vienne demain ? Bonne rencontre et appelle-moi aussitôt après, je veux tout savoir !

Bonne nuit !

Chel

Véronique décida de se coucher. Elle était fatiguée et un violent mal de tête commençait à la gagner. Une bonne nuit de sommeil l'aiderait à chasser ce cafard qui l'envahissait. Et puis, elle prendrait plus plaisir à lire le message de Kevin à son réveil. Elle éteignit son ordinateur sans voir qu'une nouvelle missive venait de rentrer.

— Ma biche, les Gauthier seront là toute la fin de semaine. N'oublie pas, si jamais tu as besoin de quoi que ce soit, d'aller les trouver, d'accord ? Tu n'hésites pas, hein ? De toute façon, je te téléphonerai dans la journée.

L'adolescente opina de la tête, tandis que sa mère la fixait avec attention.

— Ne t'inquiète donc pas, m'man, tout va très bien se passer. Que veux-tu qu'il m'arrive ?

— Ciel, je peux te faire une liste si tu veux savoir…

Devant le regard ennuyé de sa fille, Marie-Hélène soupira.

— Non, tu as raison, il n'arrivera rien, je me fais du souci, c'est tout… et c'est normal, tu verras lorsque tu auras des enfants, tu m'en reparleras.

— Je sais !

Marie-Hélène prit sa fille dans ses bras pour la serrer contre elle. Elles demeurèrent ainsi un long moment, appréciant simplement l'instant. C'était la première fois que Véronique se retrouvait seule pour une fin de semaine entière, dans leur appartement. Elle avait déjà passé des week-ends ailleurs, avec des amis ou lors de sorties de groupe, mais pas seule chez elle.

Là, c'était sa mère qui partait. Elle sentait monter en elle une certaine excitation à l'idée de pouvoir, pendant plus de quarante-huit heures, faire uniquement ce dont elle avait envie. Déjeuner dans le salon, devant la télé, en regardant *Télétoon* et même manger des céréales pour le souper ; passer la journée en pyjama ou encore dormir par terre en plein milieu du salon ! Elle en avait envie depuis qu'elle était toute petite. Elle ignorait d'où lui venait cette idée saugrenue, probablement d'un film vu lorsqu'elle était enfant, mais elle avait toujours eu envie de l'essayer.

Et puis, et surtout, il y avait Kevin. Elle allait finalement le rencontrer, le voir pour de vrai, lui parler. Enfin, elle l'espérait, car elle n'avait aucune nouvelle de lui. En allumant son ordinateur ce matin-là, elle n'avait reçu qu'un seul message, de la part d'Émile, qu'elle n'avait pas lu : cela pouvait certainement attendre. Elle ne voulait rien lire d'autre qu'un mot de son mystérieux ami.

Mais pourquoi Kevin était-il silencieux ? Une sourde intuition se logeait dans ses entrailles depuis la veille, un sentiment persistant qu'elle refusait d'écouter et qui lui soufflait pourtant qu'il ne viendrait pas. Qu'elle ne le verrait pas. Elle devinait que c'était ce qui avait joué sur son humeur. C'était cela qui la minait, elle s'en doutait. Une nouvelle fois, elle chassa cette pensée d'un geste de la main. Il était tôt, tout était encore possible.

Marie-Hélène partit pour les Cantons-de-l'Est comme prévu, la journée était radieuse et Kevin allait l'appeler sous peu pour lui dire à quelle heure il passerait la voir. En attendant son appel, elle allait se préparer, se faire belle.

⋅•⋅

La sonnerie du téléphone résonna jusque sous la douche. Véronique tendit l'oreille pour être certaine d'avoir bien entendu. Elle n'allait tout de même pas sortir en courant, nue comme un ver, pour aller répondre. Si c'était encore un de ces appels débiles de cet obsédé ?... Mais si c'était Kevin ? Elle hésita, puis se décida. Attrapant une serviette au passage, elle se précipita hors de la pièce et se mit en quête de localiser le téléphone. Où diable l'avait-elle laissé ? Pourquoi n'avait-elle pas pensé à le prendre avec elle dans la salle de bains, cela aurait été plus simple. La cinquième sonnerie la guida vers le salon, sous un des coussins du divan.

— Oui, allô ? lança-t-elle légèrement essoufflée, la voix débordant de bonne humeur.

Mais rien, seul le silence occupait l'espace entre elle et son interlocuteur. Véronique sentit son estomac se nouer, elle n'aimait pas cela. En même temps, une colère montait en elle et elle décida de la laisser sortir :

— Bon, O.K.! C'est assez, espèce de débile. Si t'appelles encore une fois ici, j'appelle la compagnie de téléphone pour qu'elle te retrace !

Sans rien ajouter, elle raccrocha, en poussant un énorme soupir.

— Espèce de con !

La sonnerie se fit de nouveau entendre. Véronique n'en revenait pas du culot que certains avaient. Elle tremblait de colère.

— Hé, ça va faire !

Cette fois, son ton était vindicatif et tranchant.

— Ma biche, c'est maman ! Ça va ? Que se passe-t-il ? demanda Marie-Hélène, la voix marquée par l'inquiétude.

— Oh, non… oui, oui, maman, je vais bien, excuse-moi… c'était un mauvais numéro, ça fait quatre fois de suite qu'une femme compose le même… Elle ne comprend pas et je n'en pouvais plus !

Véronique se surprit elle-même de l'aisance avec laquelle elle mentait maintenant à ses proches. Elle enfilait les mensonges à une rapidité déconcertante, comme si elle avait toujours fait cela.

— Hmm… Eh bien, ne réponds plus au téléphone, laisse le répondeur se mettre en marche, tu n'as qu'à décrocher que lorsque tu reconnais la voix.

— Oui, je vais faire ça, je pense. Tu es où ? demanda l'adolescente pour changer de sujet.

— Je viens tout juste d'arriver à Bedford et je voulais savoir si tout allait bien de ton côté ?

— Oui, oui, tout est normal. En fait, il ne s'est absolument rien passé de particulier depuis ton départ.

— C'est bien. Alors, tu comptes travailler avec Rose-Emmanuelle à la maison ?

— Je ne sais pas encore, nous n'avons rien décidé.

— Tu me tiens au courant, d'accord ?

— Oui, m'man !

Véronique raccrocha et retourna aussitôt dans la salle de bains se sécher et s'habiller. Soudain, la sonnerie de son portable retentit. Elle se précipita dans sa chambre.

— Allô ?

— Véro, c'est moi…

— Émile ? Écoute, je n'ai pas le temps de te parler, je viens de sortir de la douche et je dégoutte partout.

— As-tu lu le message que je t'ai envoyé hier soir ?

— Pas encore, je ferai ça plus tard, là je n'ai pas le temps, O.K. ?

— Non, Véro, c'est très important, lis-le… s'il te plaît.

Elle soupira.

— Bon, attends une seconde, lui dit l'adolescente en prenant place devant son ordinateur.

....

Véronique,

Je veux que tu lises ces quelques lignes et que tu prennes ce que je vais te dire au sérieux. Je pense que Kevin n'est pas celui que tu crois, qu'il est fictif, que c'est une fausse identité, un avatar qui cache, en réalité, un prédateur.

L'adolescente roula des yeux, et décida de ne pas terminer sa lecture.

— O.K., Émile, je l'ai lu, ton message…

— Tu me crois, n'est-ce pas ? Ce type n'est pas net, tu dois t'en méfier.

— D'accord, je vais faire attention.

— Tu vas lui envoyer un message pour annuler votre rendez-vous ?

Véronique soupira une nouvelle fois.

— … O.K. !

— Promis ?

— Oui, oui, c'est promis.

— Je suis certain d'avoir raison, tu verras…

— Bon, je peux aller me sécher, maintenant ?

Véronique éteignit son cellulaire et élimina le courriel d'Émile de sa boîte. Elle lui passerait un coup de fil tout à l'heure pour lui dire qu'elle sortait avec Rachel et Rose-Emmanuelle. Il n'allait pas débarquer chez elle pour accuser son éventuel « amoureux » d'horreurs sorties tout droit de son imagination ! Quelle honte ce serait ! Elle devait l'écarter, du moins, le temps de rencontrer Kevin.

Elle avait tout planifié avant l'arrivée du garçon et elle avait de grandes difficultés à penser à autre chose. Elle commença par se sécher les cheveux, ce qu'elle ne faisait qu'en de rares occasions, car cette opération était interminable avec ses cheveux épais qui bouclaient légèrement. Mais elle souhaitait les lisser. Ensuite, elle se couperait une frange pour se donner ce *look* vraiment cool et très tendance des mannequins dans les magazines. Après cela, elle se maquillerait avec soin, sans toutefois en mettre trop. Et pour finir, elle revêtirait une chemise assez longue en coton d'une couleur bleu pétrole, qui allait parfaitement avec la couleur de sa tignasse, et des *leggings*.

L'appartement était rangé, elle avait mis des boissons au réfrigérateur, un CD était déjà en place dans le lecteur et la lampe Berger de sa mère diffusait une douce odeur de camélia.

Elle était prête, il ne manquait plus que *Lui*. Même si elle n'avait toujours pas eu de ses nouvelles, il allait arriver. Véronique terminait de se préparer. Entre le séchage de ses cheveux et son maquillage, elle filait dans sa chambre pour vérifier si le garçon ne lui avait pas laissé un message. Mais rien.

Elle envoya un texto à Émile afin de tenir son fouineur de voisin à l'écart pour l'après-midi : « Pas de Kev, je sors avec Chel et Rosema. À + »

Quinze heures passées. Véronique se laissa choir sur son lit, comme si elle prenait enfin conscience de la situation. Elle comprenait que Kevin ne lui donnerait pas signe de vie aujourd'hui et qu'il ne viendrait pas. Il se dégonflait, comme pour son anniversaire, c'était clair. Elle se mit à pleurer de frustration. Elle s'était fait tellement d'idées sur ce garçon et sur ce qu'ils auraient pu vivre ensemble que son manque de courage évident la désillusionnait. Comme si soudain elle se réveillait, elle réalisa qu'il ne s'était jamais vraiment investi pour que leur relation marche. C'était elle qui avait proposé les moments où ils auraient pu se rencontrer. Et elle avait menti pour le satisfaire, *Lui* ; soudain, elle se sentit bien bête.

La déception était grande et aucune excuse, cette fois-ci, ne viendrait atténuer l'affront. Car elle le prenait comme tel. Jamais encore Véronique ne s'était sentie aussi humiliée.

CHAPITRE 12

C'était la deuxième journée que Véronique restait couchée, les stores fermés, refusant de voir ses amies et de parler à quiconque. Marie-Hélène, inquiète, la pressait pour qu'elle se rende chez le médecin, mais l'adolescente refusait catégoriquement. Elle n'était pas malade, lui murmurait-elle, elle ne se sentait juste pas bien. Sa mère décida donc, en ce lundi matin, de prendre congé et de demeurer auprès d'elle. Bien qu'elle ignorait quel mal rongeait sa fille, elle en était profondément malheureuse.

Elle se disait qu'il n'y avait rien de pire pour un parent que de voir son enfant souffrir, sans en connaître la raison. Se sentir impuissant devant le désespoir de quelqu'un est troublant et attristant. Elle se doutait bien que les pleurs de Véronique étaient liés à une histoire de cœur, car bien peu de peines ont cet effet sur les gens, à part... le deuil.

Lorsqu'elle l'avait appelée le samedi en fin d'après-midi pour connaître ses projets, elle était tombée sur le répondeur, sur lequel elle avait laissé un message lui demandant de la rappeler sitôt qu'elle le pourrait. Elle avait ensuite essayé de la joindre sur son cellulaire, mais il était fermé. Elle avait rappelé en soirée, et plus tard encore. Tout en cherchant à rester calme, malgré l'angoisse qu'elle ressentait au creux de son ventre, elle avait enfin décidé de téléphoner chez les Gauthier en se disant que, si Véronique la trouvait trop alarmiste, elle assumerait totalement ses angoisses de mère. Émile, lui-même sans nouvelles récentes, cachait bien mal son inquiétude. Mais il tentait de rassurer la mère de sa voisine en lui disant que Véronique était sortie avec Rachel et Rose-Emmanuelle, mais que depuis ce texto, il n'avait rien reçu d'elle. Il avait aussitôt proposé à Marie-Hélène de se rendre chez elles et de la rappeler dès qu'il en saurait plus. C'est là, en entrant chez son amie, qu'il l'avait découverte, gisant dans son lit, en pleurs.

Émile avait plusieurs fois songé à se rendre chez elle après avoir reçu son mot, mais il n'avait pas osé malgré la situation. Il avait cru Véronique lorsqu'elle lui avait écrit qu'elle sortait avec ses copines et qu'elle ne verrait pas Kevin. Pourquoi aurait-il douté d'elle ? La trouver ainsi, dans cet état, lui confirmait que sa jolie voisine avait cessé tout contact avec le garçon. Malgré sa tristesse évidente, Émile savait que c'était une bonne chose. Il ignorait alors qu'elle lui avait menti et que les choses ne s'étaient pas tout à fait passées comme il le pensait.

Écourtant son week-end, Marie-Hélène était rentrée tard en soirée, après l'appel des parents d'Émile l'informant que Véronique n'allait pas très bien.

Mais l'adolescente demeurait muette. Même si elle affirmait qu'il ne lui était rien arrivé, tout le monde autour d'elle était évidemment inquiet, sauf Émile, qui semblait plutôt rassuré, malgré la peine de Véronique.

Le garçon prit l'initiative d'apporter à Marie-Hélène quelques explications sur les derniers événements dans la vie de sa fille. Il lui parla des échanges qu'elle avait avec ce garçon qu'elle ne connaissait pas et qui, normalement, devait venir la voir. Ce qu'apprit la mère de famille lui confirma que sa fille vivait une sorte de peine d'amour. Qu'elle avait fabulé au point de s'amouracher d'un garçon qui visiblement l'avait menée en bateau. Elle était tombée amoureuse d'une image, d'une projection.

Marie-Hélène était démoralisée par ce qu'elle apprenait, découvrant que sa fille menait presque une double vie à son insu. De plus, sa Véronique lui avait menti, et ça, c'était dur à avaler pour cette mère qui se croyait proche de sa fille, avec qui, pensait-elle, elle avait bâti de solides liens de confiance.

Véronique avait éteint son ordinateur. Elle ne voulait plus avoir de nouvelles de personne et encore moins de ce lâche de Kevin. C'était terminé. Elle ne voulait plus entendre parler de *Lui*, il l'avait profondément déçue. Elle avait cru en *Lui*, en eux, mais plus maintenant. Quelque chose s'était brisé.

La journée s'écoulait dans une lenteur maladive, l'appartement était plongé dans un silence lourd et inquiétant, tandis que Véronique regardait avec mélancolie la carte d'anniversaire que Kevin avait déposé dans sa boîte aux lettres et qu'elle venait de déchirer en mille morceaux. Elle observait, l'esprit ailleurs, les confettis gisant à ses pieds.

— C'est terminé, dit-elle en soufflant sur les morceaux qui volèrent un peu partout.

La jeune Sinclair décida dans l'après-midi qu'elle avait versé assez de larmes pour ce Kevin et que, le lendemain, elle retournerait à l'école. Il ne servait absolument à rien qu'elle se morfonde plus longtemps pour cette histoire, qui n'en avait jamais été une.

On frappa à sa porte. C'était certainement sa mère qui venait lui demander pour la énième fois si elle allait mieux et si elle désirait quelque chose.

— Je ne veux rien, maman. Je vais déjà mieux.

Mais la porte s'ouvrit tout de même, pas sur Marie-Hélène comme elle le supposait, mais sur Émile.

— Véro ? dit-il avec douceur.

— Émile…? Euh, je ne suis pas trop en forme pour recevoir de la visite, tu sais. Tu peux revenir plus tard, s'il te plaît ? Pas maintenant.

— Véro, nous devons te parler. Nous avons des choses importantes à te dire. Tu peux te lever et venir nous rejoindre dans la cuisine ? Je t'attends si tu veux, dit-il simplement en restant là, à côté de la porte.

L'adolescente fronça les sourcils. Elle n'avait pas envie de se rendre dans la cuisine, ni même de quitter sa chambre et encore moins d'entamer une jasette avec son voisin et sa mère. Elle savait qu'elle allait devoir affronter Marie-Hélène, mais pas tout de suite. Elle souhaitait être seule encore un moment.

— Écoute, Émile, laisse-moi tranquille aujourd'hui, d'accord ? On se verra demain. Je te promets que j'irai mieux.

— Non, Véro. Pas demain, maintenant ! Lève-toi et viens nous rejoindre, dit-il sur un ton ferme qu'elle ne lui connaissait pas.

Il sortit de la chambre en laissant la porte grande ouverte. L'adolescente n'en revenait pas. Pour qui se prenait-il ? Elle poussa un profond soupir et décida de se lever. Plus vite elle irait le trouver et plus vite elle reviendrait se perdre sous ses couvertures.

Lorsqu'elle arriva dans la cuisine en pyjama, les cheveux en bataille et les yeux bouffis d'avoir trop pleuré, quelle ne fut pas sa surprise de découvrir qu'Émile et sa mère n'étaient pas seuls. Un homme et une femme se trouvaient là également. Les deux inconnus restaient debout, tandis que sa mère et son voisin étaient assis à la table.

L'homme devait avoir dans le début de la quarantaine, du moins, c'est ce qu'elle pensait, car il était chauve. Elle trouvait difficile de donner un âge à ceux qui n'avaient pas de cheveux. Il portait un jeans, une chemise blanche et un blouson de cuir. Il avait un air méchant, probablement à cause de ses yeux foncés, presque noirs. La femme devait avoir le même âge que son partenaire. Elle était petite et rondelette avec un joli visage, très féminin. Une grande douceur se dégageait de ses yeux clairs, tout le contraire de l'homme. Elle portait elle aussi un jeans, mais noir, avec une chemise et un veston de la même couleur. Véronique les dévisageait, réalisant soudain qu'elle était en pyjama et qu'elle ne devait pas être très présentable. Elle voulut regagner sa chambre, mais sa mère l'arrêta.

— Ils ne sont pas là pour ta tenue, ma biche, reste ici, s'il te plaît.

L'adolescente hésitait, elle ne comprenait pas du tout ce qui se passait et qui étaient ces gens.

— Bonjour Véronique, dit aussitôt la femme pour prendre les choses en main. Je suis la détective Ève Vaillancourt du Service de police de la Ville de Montréal et voici le détective Jean Trudeau. Nous aimerions te parler un instant, si tu n'y vois pas d'inconvénient.

— La police ??? Mais, mais… que se passe-t-il ? demanda-t-elle avant de regarder sa mère, qui ne disait rien et semblait totalement dépassée par les événements.

L'adolescente remarqua alors seulement que sa mère avait les yeux rougis et l'air épuisé. Elle se souvint que, depuis son retour de Bedford dans la soirée de samedi, elle avait passé tout son temps à la veiller. Véronique ressentit de la peine. Elle s'en voulait.

— Assieds-toi, je te prie, dit la femme sur le ton autoritaire de ceux qui ont l'habitude de se faire respecter, tout en lui désignant une chaise.

L'adolescente se laissa choir docilement.

— Nous avons des questions à te poser et nous aimerions que tu nous racontes ce que tu sais, d'accord ?

Véronique opina, sans toutefois savoir de quoi il retournait exactement.

— Est-ce que tu connais un homme qui se fait appeler Kevin Fortin ?

La stupéfaction se lisait sur le visage de l'adolescente.

— Euh… oui… oui, répondit-elle avec hésitation, pourquoi ? Qu'est-ce qu'il a fait ? Il lui est arrivé quelque chose, c'est ça ?

Sa voix trahissait une certaine inquiétude qui n'échappa à personne.

— Que peux-tu nous dire sur lui ? poursuivit la femme sans tenir compte des questions de la jeune fille.

— Euh… pfff… je ne sais pas ! Il est sympathique.

— Non, ce n'est pas tout à fait ce que nous voulons savoir. Que sais-tu sur lui, en tant qu'individu ? Ce qu'il fait, où il vit, qui il est ?

— Oh, ça ! … ben… euh, je ne suis pas certaine… Il a vingt-deux ans et il va dans une école spécialisée pour apprendre un métier. Il vit chez ses parents et son père est extrêmement sévère…

— Est-ce que tu sais comment le joindre, où il demeure, quel est son numéro de téléphone ?

— …

— Tu ne le sais pas ou tu ne veux pas nous le dire ? insista la détective.

— … Je… je l'ignore, laissa tomber Véronique en réalisant alors qu'elle ne savait rien, ou si peu, sur ce garçon.

Rien de concret ne lui venait à l'esprit. Tous les échanges qu'ils avaient eus pendant ces semaines se résumaient à des banalités qui ne dévoilaient, en réalité, que très peu d'informations sur lui.

Véronique sentait une colère lui envahir le cœur, comme si elle prenait de plus en plus conscience de quelque chose d'incertain, d'un flou entourant l'existence de son « ami ».

— Véronique, dit la femme en s'approchant d'elle et en prenant un ton plus doux, ce garçon que tu crois connaître, ce Kevin Fortin, a été arrêté hier, chez lui, pour harcèlement sexuel, leurre d'enfants par Internet et possession de matériel pornographique juvénile. Son nom n'est pas Kevin Fortin, mais Jean-Jacques Fortin. Il a trente-deux ans. Il recherche des jeunes filles sur le Web et se fait passer pour un homme assez jeune, début vingtaine, pour les séduire. C'est un prédateur sexuel.

L'adolescente ouvrit grand les yeux. Tétanisée et complètement abasourdie par ce que la femme lui apprenait. C'était un cauchemar, elle allait se réveiller.

— Tu as eu de la chance qu'il ne soit pas venu te rejoindre ici, samedi dernier, comme c'était prévu, car Dieu seul sait ce qui se serait passé. Tu peux remercier ton ami Émile, car c'est grâce à lui que tu as évité le pire.

Véronique tourna la tête vers son voisin sans rien comprendre à ce que lui racontait la femme. Les mots se bousculaient dans sa tête, mais elle ne saisissait pas ce que cela voulait dire. Ce qu'elle lui dévoilait était si dément que c'était de toute évidence impossible. Kevin, un prédateur sexuel ? Quoi ? C'était une blague, un coup monté, c'était impossible, invraisemblable, inimaginable ! Mais malgré tout, malgré son ahurissement, Véronique comprenait que cette femme, cette détective, disait la vérité. Quelque part, elle savait que c'était vrai.

— Tu reconnais cet homme ? demanda l'autre inspecteur, qui n'avait pas encore ouvert la bouche, en lui tendant des photographies.

— Euh... oui, oui... Je l'ai rencontré au cinéma jeudi dernier et je l'ai revu le lendemain dans une boutique du centre commercial.

— Tu lui as parlé ?

— Quelques mots seulement.

— Est-ce que tu sais qui il est, tu connais son nom ?

Véronique secoua négativement la tête.

— Il s'agit de Jean-Jacques Fortin, *alias* Kevin Fortin.

Cette fois, Véronique demeura sans voix. Elle était paralysée par ce qu'elle entendait, ce qu'elle découvrait. Quelque chose en elle se cassait, elle avait l'impression de perdre pied, de chuter dans le vide. C'était du délire pur et simple.

— Kevin… ? Non, non, c'est impossible, il ne m'a rien dit… il… ce n'est pas lui. Je ne vous crois pas… souffla-t-elle à travers ses larmes.

— Oui, Véronique, c'est bien lui. Il ne s'est pas présenté à toi. D'ailleurs je suis certaine que tu ignores son nom. Et s'il l'avait fait, il t'aurait menti, c'est sa façon de procéder, son *modus operandi*. Il gagne la confiance des filles qu'il souhaite rencontrer après les avoir soigneusement choisies sur Facebook, ensuite il s'arrange pour les croiser quelque part, supposément par hasard. Là, il fait de son mieux pour qu'elles tombent sous son charme. Une fois son piège mis en place, il fait disparaître « Kevin » et se place sur le chemin de sa victime peu de temps après. Son charisme, l'attention toute particulière qu'il leur prête et les compliments bien placés viennent éclipser le faux Kevin qui vient justement de les laisser tomber. La victime, fragile, se laisse alors facilement prendre au jeu.

— Mais, c'est impossible… ne cessait de répéter Véronique. Je ne comprends pas. Jamais je ne serais sortie avec cet homme, il est trop vieux !

— C'est là son plus grand problème. Son âge est un handicap. S'il t'avait abordée comme ça dans la rue, sans au préalable t'avoir séduite avec ses beaux mots et ses louanges, tu n'aurais jamais accepté de le revoir, ni même de lui parler, probablement. Mais en passant par le personnage de Kevin, il est parvenu à te séduire. Ensuite, il ne lui restait plus qu'à l'écarter pour se placer sur ta route, au bon endroit et au bon moment. Il t'aurait enjôlée à la longue, patiemment. Il connaissait tes goûts, tes rêves et ta vie que tu lui as certainement confiés sur Internet. Il aurait pris son temps. D'abord par quelques gentillesses, des mots bien placés, des compliments et quelques cadeaux parfaitement choisis. Rapidement, son image se serait superposée à celle de Kevin.

— Des cadeaux ? répéta Véronique presque dans un souffle.

— Il t'a offert des choses, n'est-ce pas, Véronique ? demanda la femme, réceptive.

L'adolescente éprouva un malaise, comme une gamine qui aurait commis une grave erreur. Elle se sentait bête de ne rien avoir décelé dans les manières d'agir de cet homme. Son sourire si charmant, elle le savait maintenant, avait déjà agi sur ses pensées. Ce que la femme lui racontait était l'entière vérité, elle s'en rendait compte. Il l'avait complètement manipulée.

— Des réglisses au cinéma… J'aime les bonbons, Kevin le savait, je lui avais dit… et un sac…

— Quoi ? s'écria Marie-Hélène qui ouvrait la bouche pour la première fois, malgré les efforts qu'elle faisait pour se contenir depuis le début de l'interrogatoire. Tu m'as dit que tu te l'étais offert avec l'argent que tu avais reçu pour ton anniversaire !

Véronique regardait le bout de ses pieds. Elle avait envie de courir se réfugier dans sa chambre, de se rouler en boule et de pleurer jusqu'à ce qu'elle n'ait plus une seule larme dans son corps. Elle se sentait sale. Elle s'en voulait tellement. Mais il était impossible de revenir en arrière. Elle sentait ses larmes couler le long de ses joues pour aller se perdre sur son pyjama. Elle regrettait toute cette histoire. Un vrai cauchemar !

La détective tentait de calmer Marie-Hélène et de contrôler la situation.

— Et toi, qu'as-tu à voir dans cette histoire ? demanda la mère de Véronique au jeune voisin, le ton empreint de fureur. Émile la dévisageait, mal à l'aise.

Elle aussi était ahurie par ce qu'elle apprenait. Elle se taisait depuis le début, mais là, c'était trop. Le garçon lui avait glissé un mot sur Kevin, mais ce qu'elle découvrait était pire que tout ce qu'elle avait jusqu'alors imaginé.

— Madame Sinclair, Émile a joué un très grand rôle dans toute cette affaire, répondit Ève Vaillancourt en plaçant sa main sur l'épaule de la femme pour tenter de la calmer. Il s'est conduit en véritable héros, croyez-moi ! Il a fait preuve de beaucoup de détermination, poursuivit-elle en décochant un clin d'œil au garçon, pour lui donner courage. C'est lui qui a découvert le pot aux roses et qui a su démasquer Jean-Jacques Fortin *alias* Kevin, en se faisant passer pour une adolescente. Depuis le début de la relation virtuelle entre Véronique et Kevin, Émile doutait du garçon, il ne lui faisait pas confiance. Il percevait quelque chose d'anormal dans son comportement et dans sa façon de s'exprimer. Il a donc pensé créer un avatar féminin pour tenter de découvrir si ce Kevin était aussi parfait et sympathique que celui que tu lui décrivais, dit-elle en regardant l'adolescente. Il a, sans le savoir, déployé la même méthode que Jean-Jacques Fortin en inventant un personnage fictif, en poussant même l'audace jusqu'à se faire passer pour une fille un peu plus jeune que Véronique. Aussi surprenant que ça puisse paraître, Fortin a mordu à l'hameçon et a aussitôt demandé à Émile de le rencontrer. Émile nous a alors contactés pour nous faire part de la chose. Nous avons alors mis le réseau d'Émile et de Kevin sous surveillance. Une fois que nous avons établi qu'il s'agissait bien d'un adulte et que ses intentions étaient malhonnêtes, nous avons suggéré à Émile de déplacer le rendez-vous prévu du mardi au dimanche. Il devait prétexter que la rencontre espérée était impossible à cause d'un empêchement. Nous nous doutions que Fortin serait très excité à l'idée de rencontrer sa victime plus tôt que prévu et qu'il accepterait le nouveau rendez-vous sans se méfier.

— Mais, nous avions rendez-vous samedi… pourquoi n'est-il pas venu ?

— Oui, nous le savions et l'appartement était sous surveillance, mais nous ignorons encore pourquoi il n'est pas venu à votre rendez-vous. Peut-être qu'Agathe devenait un attrait plus intéressant et qu'il a tout simplement changé d'avis. Il t'avait vue et parlé au cinéma et dans la boutique, tu as certainement dit quelque chose qui l'a fait douter. Tu ne correspondais peut-être pas au genre de filles qu'il recherchait, il aura eu peur de votre rencontre et aura décidé de laisser tomber, en sachant qu'il allait de toute façon rencontrer Agathe le lendemain. Peut-être aussi a-t-il senti chez toi une hésitation. Mais Véronique, quelles que furent ses raisons, tu as eu de la chance qu'il ne soit pas venu à ce rendez-vous. Crois-moi.

Véronique enfouit son visage dans ses mains pour pleurer. Sa mère s'approcha d'elle pour la prendre dans ses bras afin de la réconforter, la soutenir. Un moment de silence plana dans la cuisine.

— Tu t'es fait passer pour une fille... ? demanda enfin Véronique, la voix cassée de tristesse, en penchant la tête vers son voisin.

Son regard exprimait autant de reconnaissance que d'admiration.

— Tu sais que je ne lui faisais pas confiance comme tu sais aussi que je ferais n'importe quoi pour toi... Pour le démasquer, j'ai créé le personnage d'Agathe Beauchemin.

— C'était toi ?! s'écria Véronique en repensant à la jalousie qu'elle avait ressentie en découvrant le profil de la fille. Je n'en reviens pas que tu aies imaginé toute cette histoire pour moi. Il me semblait aussi que le visage sur la photo ne m'était pas inconnu…

— C'est une vieille photo de ma cousine, je l'ai un peu retravaillée, c'était simple à faire.

Véronique se sentit soudain idiote. Elle le regarda un long moment, ne réalisant pas encore tout à fait ce qu'on venait de lui révéler. Elle se jeta dans les bras de son voisin et se remit à pleurer sans retenue.

— Excuse-moi, Émile… Excuse-moi, dit-elle à travers ses sanglots, je suis désolée, j'aurais dû t'écouter… tu savais… tu savais…

Tant de choses étaient contenues dans ses larmes, d'abord de la peine, une peine immense et profonde, puis de la frustration et enfin de la hargne. Elle s'en voulait de ne pas avoir vu qui était ce faux Kevin Fortin, de s'être fait avoir. Avec ses mensonges, il l'avait embobinée comme une gamine. Elle avait été si naïve.

Marie-Hélène semblait également très troublée par cette affaire. Elle s'en voulait, elle aussi, de n'avoir rien vu, de n'avoir rien décelé dans les changements d'attitude de sa fille.

— Merci Émile, fit-elle en pleurant.

Les deux détectives n'en avaient pas terminé, mais ils savaient qu'ils devaient attendre avant de poursuivre leur interrogatoire que le surplus d'émotions soit évacué. Ils avaient tout leur temps pour reprendre la discussion.

...

Lorsque Jean-Jacques Fortin *alias* Kevin Fortin fut jugé quelques mois après les événements grandement médiatisés, Véronique, Marie-Hélène et Émile se retrouvèrent au palais de justice dans le Vieux-Montréal. Véronique avait beaucoup insisté pour s'y rendre et assister au procès. Elle savait qu'elle devait aller jusqu'au bout de cette affaire si elle voulait tourner la page. Elle n'avait pas besoin de comparaître puisque sa déclaration avait été soigneusement recueillie, comme celles de plusieurs autres témoins et que, dans les faits, il ne lui était rien arrivé. Elle avait évité le pire. N'étaient appelées à la barre que quelques victimes qui viendraient témoigner des agressions subies.

Tout au long du procès, Jean-Jacques Fortin avait fixé le mur devant lui, mais l'adolescente était persuadée, elle le sentait, qu'il savait qu'elle se trouvait dans la salle. Il fut établi qu'il avait agressé sexuellement deux jeunes filles, l'une de quinze ans, l'autre de quatorze. Les deux adolescentes avaient témoigné. Durant leur déclaration, Véronique ne put retenir ses larmes en pensant qu'elle aurait pu, elle aussi, faire partie des victimes. Pendant toute la séance, elle tint la main de son voisin, son ami, serrée dans la sienne. Elle lui devait beaucoup.

Il fut aussi démontré que l'homme avait harcelé près d'une dizaine de jeunes filles par téléphone ou par Facebook. Quant aux photographies pornographiques retrouvées chez l'inculpé, Fortin affirma qu'elles avaient été prises avec le consentement des adolescentes. Il fut prouvé grâce aux déclarations des victimes que les clichés avaient été faits sous l'influence de l'alcool, de drogues ou encore sous la menace. Véronique apprit par les détectives venus témoigner qu'elle-même et plusieurs autres jeunes femmes avaient été filmées alors qu'elles déambulaient dans les rues, ou encore quand elles se rendaient à l'école. L'adolescente repensa à cette impression ressentie lorsqu'elle se rendait en cours, et à Rachel qui avait éprouvé le même malaise un soir en rentrant chez elle. Ainsi, même son amie avait été dans la mire de ce fou, précisément le jour où il avait déposé dans sa boîte aux lettres cette fameuse carte d'anniversaire qui l'avait tant fait craquer. Il était alors si près d'elle sans qu'elle le sache… Le mal tournait autour d'elle et de ses amies à son insu. Et ce mal, c'était elle qui lui avait ouvert la porte. Cette constatation la plongeait dans une profonde déprime et dans les regrets.

Jean-Jacques Fortin fut condamné à cinq ans de prison. Lorsqu'il quitta la salle, escorté par des policiers, il jeta un regard non pas à Véronique, mais bien à Émile. Le garçon lui répondit par un sourire.

.•.

Bien des mois s'étaient écoulés depuis ce triste épisode. L'été se passa dans le calme. Véronique se rendit à Bedford dans les Cantons-de-l'Est se reposer pendant presque un mois chez ses grands-parents, et Émile alla la rejoindre à plusieurs reprises. Elle avait désactivé son compte Facebook et décidé de se tenir loin des ordinateurs pendant un moment. Tout le monde faisait de son mieux pour retrouver une vie normale. Mais la blessure était profonde et il faudrait du temps pour qu'elle se cicatrise.

Marie-Hélène s'en voulait beaucoup, c'était normal, après tout c'était elle la mère. Elle se perdait en réflexions sur les moyens qu'elle aurait pu prendre pour éviter cette malheureuse histoire à sa fille, songeant qu'elle aurait dû voir venir la chose. Elle pensait, à tort, pouvoir prévenir tout drame dans la vie de sa fille, et c'est encore une fois Émile qui intervint dans cette profonde remise en question en lui déclarant un beau matin :

— Vous ne pourrez pas être là tout le temps pour lui éviter les complications, c'est à elle de les déceler et c'est surtout à elle de les régler. Elle doit vivre ses expériences, bonnes ou mauvaises !

Quant à lui, il était certainement celui qui vivait le mieux cette histoire puisqu'il en ressortait en héros. Évidemment, sa jolie voisine passait un mauvais quart d'heure et ce qu'elle avait vécu rejaillissait sur lui, mais il voyait bien qu'elle allait finir par passer au travers. Elle souriait de plus en plus.

L'automne était bien installé et la vie avait repris son train-train. Bien entendu, Véronique avait longtemps souffert de cette affaire et il lui arrivait encore de faire des cauchemars où un inconnu, dont elle n'arrivait jamais à voir le visage, lui courait après, mais le temps semblait faire son œuvre.

Émile et elle avaient retrouvé leurs habitudes dès la rentrée scolaire. Ils se voyaient presque tout le temps. L'adolescente, après mûre réflexion, avait réactivé son compte Facebook en y faisant cependant un sérieux ménage dans ses relations et en se promettant de trier avec soin ses futurs « amis ». Et aucun inconnu ne serait admis. Ses copines et elle avaient tiré quelques leçons de cette affaire. Véronique acceptait même de donner des conférences sur ce qu'elle avait vécu. Elle parlait de son expérience en toute simplicité et les jeunes s'y reconnaissaient.

Et puis Émile se décida enfin à demander à Véronique de sortir avec lui. C'était le soir de l'Halloween, alors qu'elle était vêtue en geisha et lui en Sherlock Holmes et qu'ils se rendaient à une fête chez Rachel. Ils se tenaient par la main avec de grands éclats de rire tandis que Marie-Hélène les prenait en photo. Lorsqu'ils se retrouvèrent enfin seuls, Émile se pencha vers sa jolie voisine pour l'embrasser tendrement.

— Je t'ai toujours aimée, Véronique.

— Il était temps que tu te décides ! lui répondit simplement l'adolescente en posant avec plus de passion ses lèvres sur les siennes.

••••

Émile : « Tu me manques… »

Véro : « Mais on vient tout juste de se quitter… Hooonnn, tu me manques aussi… »

Émile : « On déjeune ensemble demain matin ? »

Véro : « Ouiiiii !!! Bonne nuit, mon amour ! ♥ »

Émile : « Je t'aime. ♥♡ »

Véro : « ☺ »

Suivez les Éditions du Trécarré sur le Web :
www.edtrecarre.com

Cet ouvrage a été composé en MrsEaves 12,5/14,0
et achevé d'imprimer en février 2012 sur les presses de
Imprimerie Lebonfon Inc, à Val-d'Or, Canada.